★★★

三ツ星商事グルメ課のおいしい仕事

Fine Jobs of the Mitsuboshi General Affairs Division - Gourmet Section.

百波秋丸
Akimaru Hyappa

Gourmet Jobs.

プロローグ

——そんなおいしい話ばかりではありませんね——

二人の青年が、大会議室の前で話をしていた。

一人は、長身の青年。線の細いスーツにセルフレームのメガネ——顎《あご》に手を当てているその姿は、スマートな知性を感じさせる若いビジネスマン、といったところだ。タブレットのPCを睨《にら》み付けて神妙な顔をしている。

もう一人の青年は、先のメガネの男性の神妙さとは無縁の、軽い様子。小綺麗《こぎれい》で遊びのあるスーツ姿に緩やかなパーマ、ワンポイントのアクセサリは、一目見て華を感じさせる。中背で、甘い童顔だ。

二人はちょっとした言い合いをしている。

——会議室に人が居ます、別の機会にしましょう——

——えー、また来るの面倒だよ——

――下手《へた》にリスクを負う必要はありません。チャンスはいくらでも……――

――あ、そうだそうだ、その人を連れ出しちゃうからその隙《すき》によろしくね――

その言葉を受けてメガネの青年が抑止をするが、童顔の青年はそれには耳も貸さずに一人で颯爽《さっそう》と会議室へと入って行った。

メガネの青年は深い溜息をついて、会議室へと歩みを進める。

会議室は、ホテルの一室のようなエレガントな雰囲気だった。ロの字型のテーブルが几帳面《きちょうめん》に配置されている。テーブルの中央にはプロジェクタが備え付けられていて、前方には見栄えのする巨大なスクリーン。

先に会議室に入っていた童顔の青年が、部屋の中に居た一人の女子社員の肩に手を当て、仲むつまじく部屋を出て行った。

童顔の青年は会議室を出る間際、メガネの青年に声を飛ばす。

「じゃあじゃあ、ちょっとフロア見学に行ってくるね！」

声を受けた青年は、そんな童顔の青年に対する文句を独りごちながら、会議室へと足を踏み入れた。

会議室中央のプロジェクタまで辿《たど》り着くと、青年はその前でしゃがみ込み、それが置かれているテーブルの下に、シルバーカラーの小さな機器を設置し始めた——

ほどなくしてその設置作業が完了し、青年は立ち上がろうとする。

と——

「なんだねキミは。何をしている」

——後ろから、低く鋭い声が飛んで来た。

振り返ると、そこにいたのは六人の男性。六十代から二十代の若手まで、バラエティに富んだ年齢層だ。全員が全員、小洒落《こじゃれ》たスーツ姿をしている。

「まったく……起きて欲しくない事は大抵《たいてい》起きるものですね」

青年は溜息をつき、彼らに聞こえないほどの小声でそう呟《つぶや》いた後、おもむろにメガネのブリッジに手を伸ばした。

声の主に視線を送り、青年は言葉を返す。

「——わたくし総務部の響静《ひびきしずか》と申します。プロジェクタのランプが切れたとの連絡を受け、こちらの会議室まで差し替えに——」

「総務部？　悪いが我々はこれから会議だ。今すぐにはプロジェクタは使わん。後にしてくれ」

年長の男性が有無を言わさない口調で言い、会議室へと入って行った。他の五名も後に続いて入って来る。

　メガネの青年は彼らに言う。

「ご心配には及びません。もう『仕込み』――いえ、修理は完了しましたので」

「ならもう良いだろう」

　年長男性の、いっそう高圧的な態度。

　それを受けた青年は、先ほどと同じ泰然とした顔色のまま答えた。

「失礼しました。ではわたしはこれで――ああ、そうそう」

　一度背を向けた青年は思い出したように振り返り、彼らに向かって言う。

「――もし、こちらの設備に何か問題が生じましたら、総務部グループリソースメンテナンス課になんなりとご用命を」

　三ツ星《みつぼし》商事総務部グループリソースメンテナンス課。

　彼らの仕事は、グループ会社全体の資源管理《リソースメンテナンス》。

　その蔑称、総務部グルメ課。

1章 ★★★

煙まみれのファッションショー

辞令　山崎《やまざき》ひなの
本日付で経理部経理課から総務部グループリソースメンテナンス課へ異動を命ず

＊

「はぁ……まいっちゃったなぁ……」

ランチを楽しむ社員で賑《にぎ》わう十二時過ぎのカフェテリア、わたしは床に溜まりそうな溜息をついてテーブルに顎を乗せた。

お豆腐と鶏肉ハンバーグのロコモコ、アボカドの生ハム巻き、具だくさんのクラムチャウダー、リンゴとバナナのパンケーキミルフィーユ。

鼻先に列《なら》んでいる料理はどれもおいしそう――実際、三ツ星商事のカフェテリアのメニューは安くて絶品。だけど、気分がすぐれないとそれも宝の持ち腐れ――って、あんまり食べ物に使わないか。

ああ、憂鬱《ゆううつ》だ。

「ひなの、だらしないぞ～」

向かいに座る一つ上の先輩、星緑《ほしみどり》さんがわたしの額を突っついた。

華奢《きゃしゃ》な身体だけど背は高くて健康的で、ショートの髪も爽《さわ》やか。健康的に日焼けした褐色《かっしょく》の肌がまぶしい。耳元には名前にちなんだ星型のピアス。

先月まで研修を兼ねた出張で半年間ほど海外を回っていて、現地では食べまくりの飲みまくりだったらしいけど、それでもスマートで美人なんだからずるい。まあ、昔から大食い、お酒は樽《たる》で飲むみたいな伝説を持っていた人だから、ずるいのは今に始まった事じゃないけど。

そんな緑さんの隣に座って生春巻きをおいしそうに食べているのは同期の箕面優子《みのおゆうこ》。わたしの憂鬱や先行きよりも、目の前の生春巻きに夢中みたい。華奢なのは緑さんと同じだけど、でも食欲は緑さんとは大違い。可愛い姿の通り、食欲も可愛い。

それに引き替えわたしは――む、言わないでおこう。思わずお腹のお肉を撫《な》でてしまった。手応えは可愛いけど――可愛くない。滅入《めい》っていた気が一層滅入る。

優子が、まるっきり興味無さそうに声を飛ばして来る。

「でもひな、前々から『経理部なんて向いてない』って自分で言ってたじゃん。よかったんじゃない？」

わたしは顎をテーブルにつけたまま、気を紛らわすように口を開いた。

「まー……確かに正確さが大事な経理部には、アバウトなわたしは向いてないと我ながら思うけどさ……あーあ、どうせ異動になるなら緑さんと同じ食品関係の部署が良かったのに」

緑さんは、勝ち誇ったように満面の笑みを浮かべている。

「フッフッフ、料理おいしかったよ～やっぱ本場は違うね。中国、タイ、ベトナム、インド、トルコにチェコ、それからフランス、ベルギー、ドイツ——ハワイとアメリカもダイナミックだったな。もう食べまくりの飲みまくり」

同じ大学の先輩後輩で、同じ会社に入って——かたや緑さんは研修で世界に飛んで行き、かたやわたしは配属五ヶ月にしてアッサリ別の部課に飛ばされて。

そう、わたし山崎ひなのは本日付けで経理部から総務部に異動になったのだ——まあ、考えてみれば、文系で簿記も持ってなくて数字にも弱いわたしが経理部に配属になった事自体どうかしてたんだけど。

「元気出しなって。カフェテリア遠くなっちゃったけどさ」緑さんの口調は軽やか。

「そうそう、チャイム鳴ったらすぐ帰れるようになったわけだし」同期の優子は適当。

「まったく、二人とも他人事《ひとごと》だと思って……」

ここは一口チョコから豪華客船まで、何でも扱《あつか》う創業七十年くらいの総合商社、三ツ星商事。異動先の総務部グループリソースメンテナンス課があるのは二階。さっきまで所属していた経理部は八階だったから、九階にあるカフェテリアは遠くなって、一階のエントランスは近くなったというわけ。

だけどちょっとした問題が一つ。

総務部門は本来六階に各課がかたまっているのだけれど、グループリソースメンテナンス課だけなぜか二階に押し込められている。つまり——

「はぐれもの」

「のけもの」

「あー、もうぅ……」

その通りなんだけど。

でも、確かにそんなはぐれ課に異動するのは嫌だけど、それはこの際些細《ささい》な事。

気が滅入っている本当の理由は違う。それは——

ああ……経理部長の言葉を思い出すだけで沈んでしまう。

「そう言えばひな、総務部グループリソースメンテナンス課ってそもそも何やってる所なの？　確か会議室の予約取る時の申請先がグループリソースメンテナンス課だったり、名刺を追加で用意して貰《もら》いたい時の依頼先だっていうのはなんとなく知ってるけど——」優子が聞いて来た。

「……んー、そんな感じだよ」我ながらだるそうな声。「……三ツ星商事のグループ企業の資源《リソース》を管理《メンテナンス》してる課みたい。なんだけど……」

「なんだけど？」と、かぶり付いて来たのは緑さん。

う——言葉に詰まった。

言えない——このトップシークレットを口に出したら、二度と経理部に戻れなくなってしまう。

グループリソースメンテナンス課。表向きはプリンター用紙やクリップ、ペンなんかの備品調達や会議室予約の管理をしている部署。他にもアメニティグッズの取り寄せとか名刺の発注その他諸々をやっている——

『会社の資源を管理してる課』。それは確かにその通りで、間違った事は何一つ言っていない。

でも、それだけじゃない。この課にはある秘密がある。

それを明らかにする為、異動する事になったのだ。

わたしのミッションは――スパイ。

グループリソースメンテナンス課の内実を把握する為の、諜報員《ちょうほういん》。まるでドラマか映画かマンガかアニメか小説か――そんなものがわたしに降りかかって来るなんて。

こんな事なら配属前の集合教育で『スパイ入門』でも開いてくれれば良かったのに。

何をどうすればいいのかまったく分かんないし……それが気の滅入っている理由。

しかも随分急な話で、心の準備も何もあったものじゃない。

何しろ、わたしが異動を言い渡されたのは、今からたった一時間ほど前、ランチタイムが気になりだしてくる午前十一時なのだから――

*

「今はもう十一時だぞ、山崎ひなの」

東京都港区青山《みなとくあおやま》、三十八階建ての三ツ星商事本社。八階にある経理部の一帯に、久保田《くぼた》経理部長のお叱《しか》りの声が飛ぶ。

ちなみに、叱り付けられているのはわたし。

新入社員に対して部長直々の叱責《しっせき》。今年度からの新任部長という事もあってか、組織の意識統制に気合い入りまくり。オールバックの下にある鋭い目を光らせている。

今日、わたしはぶっちぎりで寝過ごし、会社に辿り着いたのは午前十一時。着席も許されず説教タイムが始まった。寝坊の理由は、昨日行ったケーキ食べ放題のフェアで、二十三個全種類をコンプリートしたせい。満腹と満足が、快適過ぎる眠りを提供したのだ。

「すみません……」

連日忙しくて寝坊をしてしまったんです――とは間違っても言えない。昨日はそのフェアに行く為に、会社を定時で退社したのだから。ついでに言うと一昨日も。

「大体、今は月次決済で忙しい時期だろう。それをひょうひょうと遅刻して――処遇を考える必要があるな」

「ええっ⁉」部長の言葉に顔が青ざめた。「まさか懲戒処分ですか⁉」

プッ、と辺りから吹き出す声が同時多発的に聞こえる。

先輩や上司たちが静粛なる雰囲気で黙々と仕事をこなしている中、大きな声を出し過ぎた。目立ってしまっている。視線こそ向けて来ないものの、みんな目の前のディスプレイを見ながら半笑い。

「遅刻一発で懲戒処分ならここにいる人間のほとんどが討ち死にだ。一つ頼まれ事をして貰う。こいつを見てみろ」

そう言って部長は大量の領収書がファイリングされた帳簿をわたしに手渡した。

帳簿には飲食店の領収書がずらりと並んでいる。雑誌やネットで見聞きした事のある、評判の良いお店たち。パンケーキとモーニングが有名な人気店も名を連ねていた。

「あー、まだ行ってないんですよねここ。でも行くならやっぱりモーニングが良いし、土日は朝起きれないし、だから会社休んで平日の朝かなー、なんて……あ、いえ、別に休もうというわけでは……ははは」

「……休むのは構わん。レストランに行くのも結構。止める理由も権利も無い――有給を使って自分の金で食うならな」

自分の金で――含みのある言い方だ。部長は帳簿を叩《たた》く。

「なぜこんな領収書がここ経理部にあるかわかるか？」

「えーと……それは――」

考える隙も与えず、久保田経理部長が言葉を飛ばして来た。

「経費として計上されたからに他ならない。経費としてやって来ているという事は、つまり会社の金を使ったという事だ。言うなれば、これらの領収書は会社の金でタダ飯を貪《むさぼ》った証だ」

「むー、ずるいですね。わたしも食べたいのに……」

部長の顔が一層険しくなる。まずい、また本音が出てしまった。

「あ、いや……でも、別にそんなの普通じゃないですかね、企画営業さんなら」

三ツ星商事――社員数は単体で四千人くらい、グループ企業を合わせると四万人以上、売れるものならなんでも売り、儲《もう》けが出るなら孤島でも海底でも宇宙でもどこへでも行く――いわゆる総合商社。接待三昧《ざんまい》の人も多い。企画営業さんなら、経費を使ってお客さんと食事なんてほとんど仕事みたいなもののはず。

「この領収書を提出した連中が企画営業だったらそれも頷《うなず》ける。戦士の生傷みたいなものだ。しかし、こいつらは違う」

久保田経理部長が、苛立《いらだ》った様子で帳簿の部署名をタンタンと指先で叩いた。

「こいつらは、外から一切金を稼いで来ない事務部門なのにタダ飯を食い漁っている。『グループリソースメンテナンス課』――通称グルメ課」

「わお、グルメ課！　素敵な響き――すみません……」

ギロリとわたしを睨み付けたあと、久保田経理部長はおもむろに口を開いた。

「……このグルメ課、普段はその名の通りグループ全体の資材《リソース》や設備の管理《メンテナンス》をしているわけだが、夜はご覧の通りタダ飯食らい――他の部署の人間を巻き込んで、会議の名目で浪費とも取れる食事をしている。だから、皮肉の意味を込めてうちらの部長会ではグルメ課と揶揄《やゆ》しているわけだ。この課の無駄遣いは事務部門のお偉方たちの間でも話題になっている。社員に広く知れ渡ってはいないがな」

確かに、この課の浪費どころか、課の存在自体知らなかった。

陰でこそこそと浪費。問題の課――という事なんだろう。

「――勿論、どんな部署の人間だって会議くらいする。しかし、プリンター用紙や会議室の設備を管理している人間たちが、ペット付きの高級マンションを売り捌《さば》いている建設事業部の企画営業と、『商社のマンション販売戦略について』などという名目で会議をするなどおかしいだろう。しかも社外のレストランで――毎日毎日そんな調子で、適当なお題目の会議を開き、会社の金で飯を食らっている。あり得んにもほどがあるぞ」久保田経理部長は興奮気味な気分を落ち着けるように椅子の背もたれに寄りかかり、オールバックのサイドをぴっちりと掌で整えた。

「あのー……そもそもなんですけど、なんでそんなのが許されるんですかね」

「許されていないからこうして問題視しているんだ」久保田経理部長はまた指を帳簿にタンタンタン。「許されざる行為――しかし、手が出せない理由があった」

「どういう事でしょう」

「前社長だよ」久保田経理部長は言う。「――このグルメ課は、前期に辞任をした京《きょう》月《げつ》氏の独断と偏見で作られた課で、社長直轄《ちょっかつ》。それを良い事にこいつらは好き勝手をして来た、というわけだ」

――話によると、この課が設立されたのは五年前。京月前社長が三ツ星商事の社長に就任した時にまで遡《さかのぼ》るらしい。それまで部署内で管理されていた設備や資材がグループリソースメンテナンス課で一元的に管理されるようになったのだとか。今では各部の会議室や備品の調達に至るまで、全てこの課に申請を出すルールになっている。

「自部署の資産も他人管理――面倒だが、社のルールならそれに従うまでだ。ただし、この領収書には目をつぶるわけにはいかん。〝口と財布は締めるが得〟という奴だ。しかも一人あたり三千円以内――狙《ねら》ったとしか思えん」

「えーと、狙ったとしかというのは……何を狙ったんですかね？」

「我が社では一人あたり三千円なら、課長承認のみで経理に領収書を回すことが出来るだろう。だからこいつらは決まって三千円以内に着地をさせて来る――別の見方をすれば、課長はこれをことごとく承認している。課ぐるみでタダ飯食らいを推進中、というわけだ。何しろ課長本人が参加者として頻繁《ひんぱん》に名前を連ねるくらいだからな」

確か、三千円以上になると部長承認、五千円以上は事業本部長承認が必要なはず。課長職なのを良い事に、限界ギリギリまで無駄遣いをしている事になる。

つまり、ブレーキを踏むはずの人が、完全にアクセルを踏んでいるという事。

「課長まで浪費――凄《すご》いですね」

「――浪費額は毎月平均して約十万円。『会社の稼ぎからすれば大した額ではない、天下の総合商社が何をケチ臭い事を』――そう見る人間も居るだろうが、こういうものは精神論の話だ。規則をかいくぐって無駄遣いをするような人間どもは、同じように規則をかいくぐって悪さをする。しかし、それもこれまでだ」

ぬ……久保田経理部長はただならぬ雰囲気。

わたしは言葉を待った。

「――さっきも言ったとおり、前社長の京月氏が任期を終えた。会長に繰り上がったわけでも無く、顧問として名を連ねもしていない。この連中は後ろ盾を完全に失って、まさに背水の陣。今現在、グルメ課は社長直轄から総務のいち課として再編されている。そう――社長が代替わりした今こそ、社員が稼いだ金でタダ飯タダ酒を食らうろくでなしの烏合《うごう》の衆の実態を明らかにする時なんだよ、山崎」

「あのー……部長、なぜそんな課の話をわたしに？」

「頼まれ事をして貰うと言っただろう。我々経理部の仕事は決済書類を作るだけではない。会社の経営状態を数字の上から把握し、無駄なコストを削減する為の施策を上席に報告する所にある。そして見るからに無駄と思える経費が目の前に転がっている。とすると──我々がやる事は一つだ。分かるな」

「いやー。ちょっとそれはわたしには難しい質問かと……」

ああ、部長が渋い顔でこめかみをキリキリ押さえながらわたしを睨み付けている。

「──上席に報告するにあたり、決定打となる証拠が欲しい。山崎、スパイとしてグルメ課に行って浪費の実態を暴いて来い。今日の午後からお前はグルメ課に異動だ。フロアは二階」

「分かりました──ん、異動!?」しかもスパイって。「無理ですよそんなの!」

「心配するな。なんにでも最初はある。初めてのおつかい、初めての恋人、初めての労働、初めてのスパイ──それだけの事だろう。頼んだぞ、拒否は認めん。これは事務総長からの勅命だ」

事務総長──つまり、経理部や財務部、人事部や総務部、それから法務部──そんな事務部門を統括《とうかつ》する人からの直接的な命令。

久保田経理部長はわたしに一冊のノートを放り投げた。「そいつに見聞きしたもの全部を書き記しておけ」

そんな無茶苦茶な……

＊

「あー、お腹いっぱい。満足満足♥」

「優子は小食だなー、今日はひなのも全然だったけど」

「ふぅ……わたしは胸がいっぱいで全然食べれなかったよ……っていうか緑さんは食べ過ぎですから」二人分食べて、しかもわたしの分も食べたのだから。

カフェテリアでの昼食を終えたわたしたちは、それぞれの職場へと戻る為、エレベーターホールへと向かった。緑さんと優子は上の階へ向かうエレベーターに、わたしは下——地上を目指すエレベーターに乗り込む。

二階のボタンを押すと、後ろから聞こえよがしに声が飛んで来た。

これから外回りに行くような雰囲気の男性二人の会話だ。

——なあ、そう言えば二階って何があるんだっけ——

——二階？　資料室だろ——

――ああ、なるほどね――

二階には資料室がある、としか認識されていないみたい。わたし自身、まさか二階に社員が働く場所があるとは思っていなかったし、それどころか資料室がある事さえ知らなかった。まあ、『二階には総務部の異端児たちが集う一角がある』と思われていないだけマシか。

うちの会社は、カフェテリアのある九階を挟んで上と下に分かれている。上は企画営業さんたちが居を構える上層階、下はわたしたち事務部門がいる下層階。普通の会社だとだいたい上に事務部門がいる場合が多いけれど、この会社では逆。創業当時から事務部門は下に見られていて、今に至るのだ。

だから、カフェテリアから出て上と下のどちらに行くかで、明暗が分かれる――って誰がこんな作りにしたんだか。裏方の事務部門は文字通り会社の下の方で下支えをしていて下さい、という事なのだろう。

そんなわたしが異動になったのは、業務フロアとさえ認識されていない二階。

でも、文句を言っても始まらない。任務を全うし、早く経理部に戻ろう。

久保田経理部長から渡された資料によると、グループリソースメンテナンス課は資料室を越えた先にあるらしい。大した距離じゃないから、すぐに辿り着くはず――

と思ったら。

「はぁ、はぁ……」

わたしの背中は汗びっしょり。まさかこんな罠《わな》が張ってあるなんて。

広めの資料室を越えた先にあるスライド式の資料棚を何枚も動かさないと目的地まで辿り着けない――そんなこんなでもうすでにヘトヘト。

資料棚は年代別に収まっていて、時を遡るように棚を除けて奥へと進んで行く。2010年代、00年代、90年代、80年代、70年代、60年代――

「うぬぬぬ……えいっ！」

――ゴゴゴゴゴ――

最後の力を振り絞って50年代スライド式本棚を動かしてみると――その先に彼方《かなた》へと向かう為の通路が見えた。

「や……やった」

突き当たりに部屋があるとすると、その距離はたぶん二十メートルくらい。

これを乗り越えれば部屋に辿り着く。そうすれば、少し落ち着く事が出来るはず。

よたよたと壁伝いに通路の奥を目指して歩き進む。

部屋が近づくにつれて、緊張で胸が震えて来た。心音がドキドキ激しいのは、身体を動かしたせいだけじゃない。

スパイなんて、自分にそんな任務がつとまるだろうか。

でも、ここまで来て悩んでいても仕方ない。経理部に一刻も早く戻る為、速やかに任務を遂行するのだ。わたしは、意を決して扉をノックする。

「失礼します。今日からこちらに配属になりました山崎ひなのです」

——返事は無い。

恐る恐る扉を開けると、まるで小さなデザイン事務所のような室内が目に飛び込んできた。清潔感の溢《あふ》れる、青と白を基調とした、落ち着いた色合いの部屋だった。

いくつかのデスクに、部屋の中央には木製のローテーブル、それを取り囲むように配置されているレザーのソファ。それから——

淫《みだ》らにシャツをはだけて眠っている一人の男性。

「きゃあッ！」

わたしは思わず悲鳴を上げ、扉を勢いよく閉じた。

な、なんだ、あれは……？

何をしてたんだ、あんな格好で……

なんて考えていると——

——ガチャリ——

わたしの後ろ脇でドアが開く。

さっきの彼が眠たげに目をこすりながら出て来た。

「ん～……どうしたの……？」

「ひゃぁ！」

わたしは身体をこわばらせる。動く事が出来ない——彼は相変わらず寝ぼけた様子でのっそりと近づいて来て、わたしを壁際に押しやる。

何この状況……思わず身をそらした——つもりだけど上手く身体が動かない。

彼の顔がわたしの間近に迫っている。童顔で、華のある顔。いきなり近い——意味不明の急接近だ。生暖かい息を感じるほどの距離、長いまつげと色っぽい瞳が目に飛び込んで来る。少女のように柔らかそうな唇が、艶やかに潤いを帯びていた。

「あ、あの……」

と、言葉を漏らした途端、彼はわたしの背中を抱く。

そして、いきなり唇をわたしの顔に近づけて来た。

「……!?」

彼の唇が迫って来る。わたしはなすすべも無く硬直——って、色々いきなり過ぎる。

逃げる準備も受け入れる準備も出来ないまま、ただ固まる。頭の中が真っ白だ。

彼の唇はわたしの唇を——

素通りし、鼻を鳴らしてわたしの首元の匂いを嗅いだ。

「ちょっ……!?」

「……う～ん……合格～」

いきなり匂いを嗅ぐなんて！　ある意味、キスよりも衝撃的だ。心臓がバクバクと音を立てている。

ようやく動いたわたしの身体が、思いきり彼を突き飛ばしていた。

なんだここは！

*

「ハハ、びっくりさせてゴメンね」

前をはだけた姿でわたしをお出迎えした、さっきの童顔の男性が笑いながら謝る。

ちなみに、今は服を着用済み。

どっと疲れた。ここに辿り着くまで一苦労だった事も合わせて考えると――開始早々、心身ともにぐったりだ。

わたしは溜息をつきながら、チラリと向かいの謎《なぞ》の男を見る。華奢な身体と甘い顔立ち、それから甘い声。服を着た姿は、随分と華やかで可愛い雰囲気。パーティ仕様のスーツを着崩し、ワンポイントのアクセで手首を飾っている。ビジネスモードというよりもフォーマルパーティモード。『仕事帰りに遊びに行く感』が出まくり。

事実、彼はさっきまでここで寝ていたのだ――半裸で。

「まったく……」あんな格好で寝てるなんて。

「最近夜遅くて、うっかり会社で寝ちゃった」

そう言う彼の笑顔があまりにキュートだったので、一瞬どきりとする。

待て待て。騙《だま》されるな、騙されるな。会社で寝てるなんてろくなものじゃない。その上――

「しかもいきなり人の匂いを嗅いで……」

わたしは独り言を言うように文句を言った。ついでに睨み付けてみる。

「だってだって、僕ダメなんだよね、香水付けてるコスメティックバイオレンスな人。でもキミは香水付けていないから全然オーケー。タバコの臭いもしないし。完璧だね。

ほら、食事するならあんまり香水の匂いしてるのヤだし」

確かにわたしもそれが嫌で香水は付けないし、変な味がするのが嫌だから口紅もリップグロスも塗らない。香水の香りで食事を台無しにしたくはない――

――そう、食事だ。あまりの動揺にすっかり忘れてしまっていた。

ここの課の人たちは会社の経費で食事を楽しんでいる悪者さんたちで、わたしはそんな彼らの実態を掴《つか》みに来たスパイ。いくら動揺しても、その事は忘れないようにしないと。わたしは心の中で気を引き締めた。

「ねえねえ、こっちへおいでよ」

と、向かいのソファに座る彼がパンパンと自分の席の隣を叩いていた。

何をするつもりなんだろう――何をするつもりでも、あそこに行ったら絶対危険、それだけは確実に分かる。わたしは毅然《きぜん》とした態度で言い放った。

「結構です。遠慮しておきます」

「あ、そう。残念だな。もっと仲良くなりたいのに――ところでキミは何しにここに来たの？　僕たちに何か相談？　誰かにこの課の噂《うわさ》でも聞いて来た？」

「そ、それは何って……」む、まずは誤魔化そう。「――ええ、ここに色魔がいるっていう噂を聞き付けましてね。おもしろ半分で来てみたら確かに噂通りでしたよ」

「なーんだ、そっちか——だけどさ、ここまで来るの結構大変だったんじゃない？」

「そうだ、なんでこの課、こんな所にあるんです？　完全に隔離されてますよね？」

「元々ここって資料室の倉庫だったからね。人が頻繁に出入りするのにはあんまり向いてないんだ。それに、僕らの仕事《ミッション》って他の人たちと同じフロアでやるのに向いてないし。こういうプライベートな部屋の方が都合良いってわけ」

うーむ……資源管理の仕事なんて、誰と一緒のフロアでも不都合は無いように思えるのだけれど。

と、ドアが開いた。

「諸君おはよう——おや、これはこれは」

入って来たのは、おそらく四十代半ばの、大柄な恰幅《かっぷく》の良い男性。浅黒い肌と、後ろで束ねている長い髪が、どちらも艶やかで健康的。雰囲気は、にこやかな狸《たぬき》みたい——って失礼か。でも、やっとまともそうな感じの人が来た。

「おー、コニーさん。おはようございます」

向かいのソファの彼が敬礼をしてみせる。

「こ……コニーさん、ですか……」早速呼ばれ方がまともじゃなかった。

「グループリソースメンテナンス課の小西《こにし》課長だよ」

小西、だからコニーらしい。部下にあだ名で呼ばれてるのはどうかと思うけれど、本人は気にしていない様子。まあ……なんと呼ばれていたとしても、さすがに課長さんが過剰スキンシップなんていう間抜けな事をするはずはない。わたしは少し緊張を緩めた。これでようやく自己紹介が出来る。そう、それさえもまだなんだから。

コニーさんとやらは笑顔でわたしに歩み寄って来る。

「随分可愛らしいお客さんがいるね。この掃きだめに花が咲いたようだよ——ああ、そうだ。ちょっと待っててね」

と、手に持っていた袋を握り締めたまま、いそいそと部屋の奥へ入って行った。

しばらくして戻って来ると——

手にお皿を持っていた。盛られているのはお菓子。キュートなタルトが列んでいる。

「さあ、どうぞ」

「どうぞって、随分いきなりな……あれ？　これって」

コニーさんの手元をよくよく見ると、人気のスイーツショップ。基本はイートイン、鮮度にこだわっているお店だ。

仮とは言え上司となる人との初顔合わせで、挨拶の前にいきなりタルトのおすそ分けをされるという、ちょっとシュールな状況。やっぱり少し変な人なのかも——だけどそんな事は気にもしない。お菓子は幸せを運ぶのだ。

「いただきまーす……んー、おいしー♥」

濃厚でしっとりとした甘み。やっぱりここのチョコレートタルトは絶品。

ふう、和む。これを食べられたのなら、それだけでもグルメ課に来た甲斐が——

……待て。わたしの脳裏に、一つの疑問と疑惑が。

「あのー、これってテイクアウトの場合は『賞味期限は一時間！』ですよね……？」

「その通り。だから一時間経つ前にこうして出してるんだよ」

「えーと……という事はさっき買ったって事ですよね。会社をサボって？」

「いやだなあ、そんな人聞きの悪い」コニーさんが言う。

わたしはホッと胸を撫で下ろす。

まあ、さすがにそんなバカな話は無いか——

「そうしないとこれ買えないでしょ？」

「へえ……サボっちゃったんだ……」

想定外——いや、ある意味妥当。こんな時間に「おはよう」と入って来る時点で異変に気づくべきだった。時刻はもうじき午後一時半。お昼もとっくに過ぎ去っている時間なのだから。

どうやらわたしはとんでもない課に飛ばされたらしい。

やっぱり、一刻一秒でも早くこの課の浪費の実態を摑もう——わたしは拳を握り締めて再度心に誓う。じゃないと、自分が音を立ててダメになる。

こんな課、どうなっても知った事じゃないのだ。

＊

「彼女は今日からうちで働く事となった山崎ひなのちゃん。通称ひなちゃん。仲良くやってきましょう」

コニーさんがそう言ってわたしを紹介した。いきなりあだ名決定。

わたしは一応ヨロシクお願いしますと頭を下げた。社会人としての礼儀——だけど、本音を言えば挨拶などせず今すぐ家に帰りたい。

「僕は課長の小西。小西修造《しゅうぞう》ね。よろしく。それからそこにいるのが——」

「日比生流《ひびきながれ》、よろしくね」淫《みだ》らな彼は日比生さんというらしい。

「彼の事は流転のながれ、って覚えてあげて頂戴。そうしないと混乱しちゃうからね」

「——どういう事です？」

「うちの課にはもう一人スタッフがいるんだけど、その彼も名字がヒビキなんだよね。名前は静《しずか》。響《ひびき》静。流転の〝ながれ〟と静止の〝しずか〟ね。ああ、静くんって、名前は女みたいだけど男の人だよ。今日は……夕方から来るかな」

流さんと呼ぶのは良いとしても、呆《あき》れる出来事が別の所で一つ増えた。

「へえ、夕方から来ても良いんですね……」

「というわけで、静くんの紹介は追って、ね。じゃあとりあえずこの辺で――」

そう言ってコニーさんはソファに腰を下ろしてマガジンラックの雑誌を広げた。

それ以上話が発展する様子は無い。

「あの――……今のでオリエンテーション的なものは終わりですか？」

「ん、どうかしたの？」

「大事な事を忘れていませんか？」

「大事な事？　はて何だろう」

「仕事ですよ。この課の業務内容とか説明しなくて良いんですか。わたしがやるべき仕事もあるはずですよね」

と、いうわたしの台詞に、キョトンとした顔をした後――

二人は「ハッハッハ」と笑い出した。

「仕事かぁ――」

うーん、とコニーさんは本気で首をひねっている。

考える事じゃないと思うんだけど……

「ま、一応通常業務としては設備管理というのがあるけれど――それにしてもやって来た資料に承認印を押すだけだし、会議室予約もコンピュータのシステムまかせだし、倉庫の鍵の貸し出し返却もセルフサービスだし、ダブルクリップや付箋みたいな備品調達は委託会社に丸投げするだけだし、ホント、やる事無いんだよね――っていうか、やる事が無くなるように工夫したんだけどさ。ねえ流くん」

「そうそう、大分苦労したよね～三人とも。このセルフサービスオートメーションシステムを作るのにさ。でも、おかげで今はこうして優雅な生活！」

流さんは得意げに両手を広げてみせた。

これは……この人たちと一緒に居たら、絶対に堕落する。だってわたしはケーキフエアでケーキを食べ過ぎて翌日寝坊した挙げ句、今ここにいるような人間なのだから。

早くこの連中の無駄遣いの現場を押さえないと、落ちる所まで落ちてしまう。

ただ、逆に言えば、これだけふざけた調子なら、すぐに尻尾を掴めそう――

「でもでも」流さんが言う。「今日は特別な日なんだよね。ねえコニーさん」

「あ、そうだったね。だからやる事はあったりして」

「特別な日……ですか？」

「うん、今日は――」

そこでまた部屋のドアが開いた。

「おはようございます、小西課長」

声の主は、人目を引くルックスの、背の高い男性。セルフレームの眼鏡《めがね》をかけた、いかにも優等生な感じ。年は流さんよりも少し上だろうか。ブラックのベストとカフスの袖が、爽やかな色気を放っている。随分と落ち着いた様子の、大人《おとな》な人だ。

「静くん、おはよう」

「ねえねえ静さん、どうだった？」と、言うのは流さん。

今《いま》入って来たメガネの彼が、さっき話に上がっていたもう一人のグルメ課スタッフ、静さんらしい。部屋に入るなり流さん目がけて何かを放り投げた。

「『仕込み』は完璧です。今日の『料理』は当初の計画通り行きましょう」

小指くらいの大きさの、鮮やかなシルバーの物体が宙を舞う。

流さんはそれを鮮やかにキャッチ。

「サンキュー♪」

「流、あとでちゃんと中身を確認して下さい——おや、小西課長、彼女は？」

静さんはわたしをチラリと見る。その顔色は入って来た時と同じ——落ち着き払っている。つまりはそれほどわたしに興味を示していないみたい。

「ああ、今日からこの課に配属になった山崎ひなのちゃん。今年入社の新人さんね」

「今年入社の新人？　新入社員なら八月に現場配属でしょう。何故この時期に？」

「異動してきたんだよ、ね？　ひなちゃん」

「え？　ええ、山崎ひなのです。よろしくお願いします……」

「ほう、異動」部屋に入ってからピクリとも表情を変えなかったメガネ男子の静さんは、そこでようやく興味を示した。すかさず手元のタブレットPCを操作し始める。

「——子会社、関連会社への出向、ならびに閑職への異動対象社員を正規分布で表してみると、年齢のボリュームゾーンは46・3歳から54・2歳。ここに左遷《させん》組全体の80パーセントが収まります。役職で言えば課長が52パーセントと圧倒的」

静さんはわたしにタブレットPCを向ける。画面に記されているのは、やや右寄りに中央がある山型のグラフ。

「つまりは飛ばされるのは大抵高給取りの割に売上の見込めない課長職——おっと失礼、小西課長。他意は無いのであしからず。ともあれそんな中、入社後五ヶ月でここに異動とは、かなりのスピード左遷。左遷年齢の中央値《メジアン》が50・7歳だから、異動までの勤続年数で考えると、実に通常の約65・3倍。完全に左遷界のエース級ですね、すばらしい。敬意をもって迎えます——ようこそ、山崎ひなのくん。僕は響静、以後、お見知りおきを」

「はあ、どうも……」

何を調べているんだか……とりあえず、ここが左遷場所だっていう自覚はあるらしい。意外にまともな感覚の持ち主なのだろうか。

いや、こんな課にいる時点で、多分普通じゃないんだろうけど。

「閑職かぁ……でもまあ、確かにそうだよねぇ。うちの会社をショートケーキにたとえるなら、ビルの一番上の方にいる統括部とかあそこらへんの人がジューシーな高級イチゴで、花形の企画営業さんたちが甘みたっぷりの芳醇《ほうじゅん》生クリームで、カフェテリアを挟んで九階から下にいる裏方の事務部門は土台のスポンジってところだしね」

コニーさんは腕を組んで一人納得していた。

残念な事に、確かにそんな感じ。わたしたち事務部門の人間は総じて上の企画営業さんたちに比べて立場が弱いのだ。でも、スポンジではあったとしても、事務部門が閑職という事はないはず。

メガネ男子の静さんが「とはいえ――」と続けた。「僕らはそのスポンジでさえないですがね。さしずめスポンジの下に敷いてある銀紙――食うに食えない」

「いいねいいね、しかも、いつ丸めて捨てられてもおかしくない、みたいな？」

流さんも乗って、自虐的な話で盛り上がっている。

なんというか……参ったというか。

それは良いとして、気になる話が一つ。

「ところで……『仕込み』とか『料理』って、まさかみんなでホームパーティをするわけじゃないですよね」

「あっはっは、しないしない。『料理』っていうのが、僕たちの裏の仕事を示すコードネームなんだよね」コニーさんが言う。

「そうそう、ゲストを素材に『料理』しちゃうぞ、ってわけ」と、流さん。

「『料理』には事前準備、つまり『仕込み』が必要でしょう」静さんも頷いている。

その通り、とコニーさんが膝を叩いた。「つまり僕らは、表の顔はごくごく真面目な総務部グループリソースメンテナンス課の――」

「真面目？　しがないじゃなくて？」流さんが笑いながら口を挟んできた。

「こら、流」静さんがメガネのブリッジを押さえてピシャリと言う。「正解です」

「もうぅ、茶々を入れないように二人とも」コニーさんが困り顔で言った。「で、気を取り直して言うと——えーと、僕らは、昼は真面目な総務部グループリソースメンテナンス課の社員。しかして、その実態は、裏のミッションを抱えた男たち——」

〝裏のミッション〟だなんて——ああ……嫌な予感。

「僕たちの裏のミッションっていうのは、ゲストを見つけて食事会を開く事」

「えーと、食事会を開いて……」わたしは恐る恐る言葉を促した。

「食事するんだよ、会社の経費でね」

「ええッ!?」

どうにかして浪費の実態を掴むどころか、自らカミングアウト。スパイなんてまったく必要ない。

「あー、でも勘違いしないでね。僕らは歴《れっき》とした業務としてやってるわけだから」

「はあ……成立するんですかね、そんなのが仕事として……」

「元々この課って京月さんがその為に作った課なんだよ。社員をゲストに誘って、会社のお金で飲み食いをせよ——ってね」

「コニーさん、ダメだよいきなり京月さんって言っても分からないでしょ、ねえひなのさん?」

「ん、え？　ま、まあそうですね……」

久保田経理部長から聞いているから、京月さんが何者かは知っているけれど、とりあえず知らない振りをしておこう。

「そっか、京月さんっていうのは前社長ね。辞任しちゃったからあの人の後光も無くなっちゃって、今は結構風当たりが厳しくってさ」コニーさんが言った。

「確かに、丁度良い風よけでしたからね。まさに防風林」と唸《うな》るのは静さん。

「でもでも、あの人自体が嵐を呼ぶ社長だったけどね。この課を無理矢理作っちゃったりさ」

流さんの言葉に、アッハッハ、とひとしきり笑ったコニーさんが、言葉を続けた。

「——というわけで、事務部門のお偉いさんたちも、僕らの課に色々文句言ってるみたいだし、もう参っちゃう」

そのまま最後まで参っちゃってくれれば、わたしがこんな所に飛ばされずに済んだのに——いや、それ以前に、慰安の為のディナーだなんて。

この人たちが『ホスト』役をやる必要なんてどこにも無いし、それぞれの課に予算を分けて、それぞれでやれば良いし、部にはその為の予算が多少は確保してあるはず。敢えてこの課がやる必要は無いのに。おまけに『ゲスト』なんて気取った言い方までして。

こんな課を作った前社長の気が知れない。

でも——

まあ、これでもうわたしのスパイとしての仕事はほとんど終わりだ。昼間の定常的な仕事はオートメーション化されていてそこまで難しくないルーチンワーク、夜は夜で社員を招いて会社のお金でディナー。

——それが本当なら、課が存在する意義を感じない。

その現場を取り押さえて経理部長に報告しよう。こんな課に長居する必要なんてない。この目でしっかりと確認し、さっさとここを脱出しなくちゃ。

入金チェックとかデータ入力とか、胸躍る仕事じゃないにしても、胸は張れる立派な経理部の仕事。たとえ面白くなくても、誰からも喜ばれてる手応えが無くても、こ
こよりもずっとまとも——今、それに気づいた。

ふう、なんだか一気に肩の荷が下りた気がする。

なんて思っていると、流さんが立ち上がった。

「さてさて、じゃあ僕行ってくるね。もう奈央《なお》さんとの待ち合わせの時間だからさ」

そして彼は部屋を後にする。

まさか、食事会って一人で行くのだろうか――

「あのー……どうしてあの人だけ？」

「まあ、流くんがゲストを誘ったわけだからね。僕らが一緒に行っても相手がビックリしちゃうでしょ？」

みんなでバカ騒ぎをするつもりじゃないらしい。それを聞いて少し安心。

――と、言いたいけど、やっぱり引っかかる。

流さんがゲストを誘った――誰を誘った？

「……ゲストって女の人ですか」

「その通り」

さっきの事が頭を巡る。

わたしになれなれしく近づいて来て、匂いを嗅いで――

しかもはだけてて。

嫌な予感再来。「……ナンパ的な感じでチャラッと誘ったとか……？」

「――否定はしません」静さんが言った。「というか、むしろ肯定しましょう。その彼女から受けていた名刺の発注依頼があったんですが、その名刺を手渡しに行ったついでに流が声をかけて、ゲストとして誘い出した、というわけです」

へえ……ゲストはナンパで仕入れてくるんだ。しかも通常業務のついでに。ってていうか、経費で飲み会なんてケチ臭すぎる。

「ちなみにゲストはこんな女子です」

流さんがわたしに手渡したのはカラーでプリントアウトされた数枚のレポート。その最初のページに、彼女の写真が載っている。キラキラと音が聞こえてきそうな笑顔で、優等生のクラス委員長という感じ。爽やかで、清潔感があって、クラスの中心人物的な雰囲気で、頭も良さそうで――そして幸いなことに、わたしとはタイプが違う。

「ふむ……流さんはこういう人が好み、と」わたしは納得するように呟いた。

「まあ綺麗は綺麗だけど、別に流くんの好みで声をかけたわけじゃないよ」コニーさんが言った。

「え、じゃあまさか――」わたしは静さんに視線を送る。

「違います、僕の好みでもありません」

「え、じゃあまさか！」わたしはコニーさんに視線を送る。

「はっはっは、ひなちゃん面白いなぁ」

「誰の好みでもありませんし、勿論《もちろん》知り合いでもありません。勘違いをしないよう」

「なら、なんでこの人をゲストに？」

「まあ、彼女に狙いを定めた理由は現地に向かいながら話そうか。さて、僕らも出発だ」コニーさんが腕時計を見て立ち上がる。

と、それを聞いたメガネ男子、静さんが少し怪訝《けげん》そうな顔をしてみせた。

「小西課長、今日は流が片付けるはずですが……」

「僕たちがどんな『料理』をするのか、見ておいて貰った方が良いでしょ？」

「なるほど、ＯＪＴ《オンザジョブトレーニング》――仕事をしながら教育をしようというわけですか。しかし僕は残念ながら今日はビール飲みに行く予定、またの機会ということで」

うーむ……超マイペース――っていうかビール飲みに行くとか、いちいち報告してるなんて、生真面目なんだか天然なんだか。どっちにしてもやっぱズレてる。

「ああそうか、今日は別件の『仕込み』の日だったね。じゃあ二人で行こうかひなちゃん。歓迎会も兼ねてね」

ええ喜んで、とわたしは鞄《かばん》を手に立ち上がった。

鞄から覗《のぞ》いているのは、久保田経理部長に渡されたノート。

そう、これにこの課の浪費を記してこいと言われていたのだ。

よし――言われた通り浪費の実態はこれに全部書くようにしよう。

……一冊で足りれば良いけど。

「えーと、ゲストの名前は松江《まつえ》奈央さん。都内の大学を卒業後、三ツ星商事に入社。繊維事業部・ファッションアパレル部所属。現在二年目の社員さんで、前年度は事業部の新人成績優秀者として表彰もされているホープ——ですか」

わたしとコニーさんは、流さんの後を追って大井町《おおいまち》へ。渋谷からのＪＲ埼京《さいきょう》線の中、わたしはさっきのメガネ男子静さんから貰ったレポートを眺める。

今日これから、この奈央さんをゲストに招き入れ、グルメ課は食事会をする。

目下の疑問としては、なんで彼女がゲストなのか、という事。

まあ、プロフィールを見る限りは——

「……前年度の成績優秀者だから、ですかね。『去年は頑張ったね』的な？」

三ツ星商事の一部の部では、最も売上を上げた人とか、会社に対して貢献をした人を取り上げて表彰する制度を取り入れている。そういう人たちに会社の収入を還元するのは良い事——だけど、やっぱりこの課でやる意味は無い。

「うーん、少し違うかな。ゲストの奈央ちゃん、今ちょっと上司と上手く行ってないんだよね。だから誘っちゃおうってわけ」

「え、それだけですか？」

そんな人をいちいち誘っていたらキリが無いような。わたしだって『久保田経理部長と上手く行っているか』と言われれば、別にそんなに上手く行っていないかも――っていうかこの場合はわたしが遅刻したりするのが悪いんだけど。

それとも、ゲストと上司が上手く行ってないのって、深い理由があるのかも。

探りを入れてみよう。「奈央さんが上司と上手く行ってない理由は……」

「ま、端的に言えば彼女が提出した企画をめぐってひと悶着《もんちゃく》！　って感じ」

「企画？」

「うん――で、これが関係してるやつなんだけどさ」

そう言ってコニーさんが鞄から取り出したのは、二つ折りのリーフレット。ポップな女性の写真が目に飛び込んで来た。

「――『原宿《はらじゅく》ファッションフェスティバル』……？」

「通称『原フェス』。聞いたことある？」

確か、年に一日だけ行われる、原宿の街全体が舞台となる大規模なファッションイベント――だったはず。リーフレットを見てみると、参加ショップは四百以上、ショップをまたいだスタンプラリーとかファッションデモ、それから公開ファッションショーなんかが街のあっちこっちで開催されるみたい。

「これがどうかしたんですか」

「今回のゲストの奈央ちゃんが、このフェス用のイベントをやろう、ってファッションアパレル部で提案したんだ。毎年三ツ星商事も多かれ少なかれ関わっているんだけど、今年は大々的に首を突っ込んじゃおう、って事でね」

「へえ……ちなみにどんな企画なんです？」

「その名も『今日のわたしは三分限定超ウルトラスーパーモデル』企画！」

「ご、語呂が……」悪過ぎる。

「ま、大体そんな感じの話でさ、『ダメなパパをカッコヨクして！』的な企画あるよね。あれの女の子版。しかも誰でも参加可能。うちと関わりがある原宿近辺のショップのアイテムでドレスアップさせて、各店舗の広告と販促も目論《もくろ》んでるんだって」

企画書に記されている情報によると、どうやらかなり本格的にやるらしい。メイクアップアーティストやファッションコーディネイターも沢山集めて、セットも大がかりなものを準備して、随分大規模なファッションショーを開こうとしているみたい。

んー、確かに一回くらいはモデルみたいにランウェイを歩いてみたいかも。

「でも三ツ星商事ってそんなイベントの企画なんていうのもやってるんですね」

どこかから何かを買ってきて、それを別のどこかにちょっと高く売るのが商社の仕事だと思ってたけれど、そればかりでもないみたい。

「ま、簡単に言えば商社の仕事は『安く仕入れて高く売る』——それだけ。でもただ売るだけじゃなくて、『付加価値を付けて売る』ことがポイントになるんだ。例えばテーマパークに『リアルお菓子の家を作りましょう！』って提案して、『じゃあウエハースの屋根を作る為に小麦粉とクリームが必要ですね』、『それを焼くオーブンも必要ですよね』、『材料を運ぶのに軽トラックじゃ味気無いから、ファンシーな車も欲しいですねぇ』、『スタッフが着るファンシーな服もあるべきでしょう』なんて感じで話を詰めていって、『それ全部こっちで準備しましょう、三ツ星商事にお任せ下さい！』とか。そんな感じに、企画を軸に色々コーディネイトする中でモノを買ってもらう。今回のファッションショーも、そんな風にモノを売ってくためのネタってわけ」

「そうなんですか——なんか、そう聞くとクリエイティブな感じがしますね」

「で、ゲストの奈央ちゃんの企画ね。かかる費用はそれなりだけど、彼女の上司、ファッションアパレル部の鶴巻課長《つるまきかちょう》の承認もなんとか下りた——んだけど、なかなか話が進まない。それで彼女は課長に詰め寄る毎日」

コニーさんの話によると、この鶴巻課長がなかなかのくせ者みたい。

奈央さんが『課長！　企画はどうなったんですか！』と聞けば『それよりA社さん

との契約更新の案件はどうなった。そちらの方が重要だ』と返し、『企画の話が進んでいないなら、理由を教えて欲しい』と訴えれば『俺が頼んだ納品書の現状を、まずは教えてくれ』と答える――

相手を煙《けむ》に巻いてはのらりくらりとかわす、そんなタイプの人だとか。

「で、企画を提出した奈央ちゃんは煮え切らない事態に苛立つ日々。今日は奈央ちゃんの所の事業部の月例定期報告会。そこで企画の進退が決まっちゃう。彼女からすれば、座して死を待つって感じ。そこで流くんが奈央ちゃんに声をかけたんだ。食事会の誘い文句は『上司に対する鬱憤《うっぷん》を晴らそう！』みたいな？」

成績優秀者に対するご褒美的なものじゃなくて、上司の愚痴《ぐち》大会。

うーむ……後ろ向き過ぎて唸ってしまう。

だけど、どうにも腑《ふ》に落ちない事がいくつかある。

「色々情報を揃《そろ》えたみたいですけど、ここまでバッチリ調べた理由って……」

「勿論食事に誘う言い訳を準備する為だよ」コニーさんの口調は自信ありあり。

……凄い。たった一回の食事の為にここまでするなんて。しかも上限はたかだか一人三千円なのに。その情熱を別に向けてほしいよ、まったくもう。そもそも、飲んで食べて景気づけをするなんて誰にでも出来るのに、それをもっともらしくする為に、こんな風に時間を使って徹底的に詳細を調べ上げて。

でもまあ、わたしが報告すればそんなあれこれも全部終了。今日の事は全部ノートに記録して、明日の朝経理部長に叩き付けて片付けてしまうのだ。それで晴れてわたしは自由の身——

「さて到着だよ、ひなちゃん」

辿り着いたのは、大井町駅——あるいは、グルメ課の犯行現場。


東京都品川《しながわ》区大井。

お隣は品川という立地なのだけれど、東西南北あちこちに商店街があって、駅の周りは随分と下町な雰囲気を醸している。都心にありながら生活しやすい庶民派の街。その割には企業のビルもあるみたいでサラリーマンさんたちも多いのだ。

何年か前に、若い人を引きつけるシアターが誕生している事もあって、そこに向かう家族連れや若いカップルがサラリーマンや買い物帰りの人たちに混じって賑わしていたり——商店街、生活空間、企業ビル、シアターと、まさに東京という都の中にぽつんと存在する郊外、という感じの場所。

時刻は十八時五十分。目的地、あるいはグルメ課の犯行現場は大井町駅から歩いて五分ほどの場所にあるらしい。わたしたちは西口を出て左手方向へ行き、商店街に挟まれた坂道を上る。

なんというか、この時点でもうすでにメインストリートからはバッチリ外れてる。

「それにしても、ゲストの松江奈央さんって、本社で働いている人なんですよね。どうしてわざわざこの街まで？」

ここ大井町は三ツ星商事本社がある青山からは電車で大体三十分と、少し離れた場所。単なる食事会なら、近場で済ませてしまっても差し支えは無いはず。

「彼女の為のパーティを開く、うってつけの店がそこにあるからだよ」

どういう事だろう――まあ、それはいずれ分かるだろうから、とりあえず流れに身を任せる事にした。

三《み》つ叉《また》の交差点で、商店街は大通りと交差。その大通り沿いに歩いていると――

コニーさんは大通り沿いにある、ビルとビルの隙間へと入って行った。

路地――とも呼べないような狭い通路。

「え？　ここを行くんですか？」

「その通り」

先を行くと、左手に重厚なドアが見えた。本当にここが目的地みたい。

お店には全然見えない構え。というか、扉からして人の出入りを拒絶するかのような——まるで工事現場みたい。『立ち入り禁止！』みたいな感じだ。

潜水艦のハッチみたいに重そうな、ずっしりとした扉がそこにあった。

「いや、あの……」

この場所、知らなければ辿り着けないし、誰かに連れて来られなければ入る勇気も出ない。わたしの胸は緊張で高鳴る。ここがグルメ課の犯行現場。

っていうか本当にお店なのだろうか、という疑問が抜けてない。まるっきり秘密基地だ。入っちゃダメな所に足を踏み入れる時のような、イケナイ事をしているドキドキ感が凄い。

だけど、コニーさんが扉に手をかけ、扉をゆっくりと開けると——

フワッ、と香ばしい風がやって来た。

「ん？」

香ばしい、豊かで暖かい空気。なんの香りだろう、料理が気になる——って、思わず職務を忘れそうになってしまった。まずい、理性をしっかり保たないと。

いらっしゃいませ、と笑顔で迎える店員さんにエスコートされ、店内奥へ。

お店の中はほの暗くてコンパクト。右手には木目を活かした八人掛けくらいのウッドカウンターが横たわっていて、その奥にはテーブル席と——それから半地下のスペースとロフト席もある。辺りをオレンジに染めるライトが、コンクリート打ちっぱなしの壁を柔らかな存在にしていた。お店に入る前から秘密基地っぽいと思ったけど、お店の中も秘密基地っぽい。廃墟《はいきょ》になった工場の一角を、こっそりオシャレなお店に改造した感じ。

平日の早い時間だけれど、客席はもう一杯。女子と男子の比率は半々。これだけわかりづらい場所にあって、こうして人を集めているなんて。

と、奥のテーブル席に見覚えのある顔——流さん。その向かいにいるのは一人の女子。彼女が松江奈央さんだろう。写真で見た通りの優等生タイプの美人さん。でも、写真の顔とは随分違って、元気がなさそうだ。笑顔の欠片《かけら》も無い。

食事会は、予定通りと言うべきか重苦しい雰囲気。さっそく愚痴っぽい言葉が飛び交っている。コニーさんはそんな流さんたちのテーブルの隣を確保した。

ゲスト——奈央さんは随分と深刻な顔で流さんに話をしている。

「——企画がダメになったのであれば、それはそれで仕方ないと思います。ただ、ケムマキ課長は、いつもの調子で話を逸《そ》らして誤魔化して……こっちはハッキリ言って貰いたいのに」

流さんは頷きながら聞き役に徹している。心から同情をしているような顔で、相づちを打っていた。ケムマキ課長というのはさっき話に上がった奈央さんの上司、鶴巻課長の事だろう。バカにしたような言い方で呼ばれていた。

愚痴の内容は、上司が自分の企画の行く末を教えてくれずに誤魔化してる――さっきコニーさんから聞いた話と同じみたい。

「おー、よしよし。なんて可哀想な奈央さん、同情するよ」

流さんは奈央さんの頭を撫でてスキンシップ。彼女の髪をサラリといじっている。

奈央さんも流さんに合わせるように、悲しそうな表情をしていた。

薄暗い店内で、吐息の生暖かさが伝わるくらいに近づいて――

さすがは裏ミッション――愚痴大会でゲストを甘く慰安。しかも流さんは同情を装って奈央さんをぺたぺた触ってるし……

テーブルにお料理は列んでいない。乾杯したてでお酒もまだほとんど入ってないのにこの調子なんだから、酔ったらどうなることやら。

「――しかもケムマキ課長ってば、〝何時に戻る〟って言ってそのまま戻らなかったり、自分の事務手続きをわたしにやらせたり――それでわたしがケムマキ課長の代わりに面倒臭くて面白くない仕事を色々やる羽目になってるんですよ？」

流さんは元気づけるような笑顔を奈央さんに向けた。

「ねえねえ奈央さん、今日は思う存分文句言っちゃって構わないよ。だってその為にこのお店を選んだんだから」

「どういう事です？」

「こういう事」そう言って流さんはメニューを奈央さんに手渡す。

「……燻製《くんせい》トマト、燻製チーズ、燻製ナッツに燻製魚盛り――」

「燻製のカプレーゼ、燻製レバパテ――そう、ここは燻製のお店！」

なるほど。入った時に感じた香りは燻製の香りだったらしい。メニューによると、お店の名前は『燻製 kitchen』。確かに良い香り――

でも、『その為にこのお店を選んだんだから』って、どういう事なんだろう。コニーさんも似たような事を言っていたけど――

わたしたちの隣のテーブルに座っている奈央さんも同じ疑問を持ったらしい。彼女は流さんに聞いた。

「そうなんですか――でも、それが今の話とどう繋《つな》がるんです？」

「それはね」流さんが自信満々な顔をしてみせる。「燻製って、食べ物に煙を当てて風味付けをするでしょ？」

「煙で巻いて味付け――つまりは『煙《けむ》に巻く』。話を煙に巻く上司についてあれこれ話すにはうってつけ！　なーんてね。どう？」

「そうですけど――」

そして流さんは決めのスマイル。

「もうぅ、ダジャレじゃないですか……わたしは真剣なんですよ？」

へえ……そのジョークの為に電車で三十分。

人知れず遠い目をしてしまった。

「あ、怒った顔も可愛いね、奈央さん♥」

と言って流さんは奈央さんのほっぺたをフニフニと突っついている。

何だかイタズラに拍車がかかっているような――一層心配になってきた。

「ま、ダジャレが言いたかったってのもあるけど、でもでも一番は料理だね。ここのお店の燻製ってどれもおいしいんだ。楽しみにしててよ奈央さん」

ね、と笑顔を見せる流さん。

料理の話で、奈央さんも少し機嫌を直したみたい。楽しみにしてます、と奈央さんは少しだけ笑顔になって応えた。それでまた彼は奈央さんの頬を突く。

まったく、さっきからべったりベタベタといちゃついて――

って……

まさかまさか。

未だかつて無いほどに嫌な予感が攻めて来た。

この食事会の目的は……女の子を誘って、夜の街に連れ出して『ペロリ』とか？

『ゲスト』っていうか『餌食《えじき》』……？

『料理』ってそういう事……？

ターゲットは可愛い子、だから『グルメ課』!?

そう思うと一瞬で血の気が引いて来た。

いや。いやいや、落ち着こう——まだそうと決まったわけじゃないし……

ふう、深呼吸。そう、きっとわたしの早とちり——

「んー燻製の良い香り♥」流さんは奈央さんの髪を手に取り、その香りを嗅いでいる。

——早とちり、じゃないかも。

とりあえず、落ち着け、落ち着け——

なんて心の中で唱えれば唱えるほど、逆にそわそわしてきた。

そんなわたしの様子なんて気にもしないで、流さんは話を続けている。

「――だけどさ、燻製って不思議な食べ物だよね。料理を煙に巻いて香りを付けて、おいしくするんだから。一体誰が考えたんだろうね」

「うーん、そう言われてみるとそうですね」

何気ない会話。だけど――

流さんの表情が、途端に鋭く変化した。

瞳の奥を光らせて――まるで狙った獲物を捕らえた――そんな瞳だ。

狙いを定めて狩りをする鷹《たか》のように、流さんは奈央さんに鋭い視線を送り付ける。

「ホーント面白いよ……『煙に巻く』なんて言うとあんまり良い印象を与えないけど、その方が良い事もある――そう思わない？　奈央さん」

今度は、奈央さんが表情を変える番になった。

流さんの言葉に、途端に奈央さんの顔色は険しくなり、警戒の色が強まる。

「……何が言いたいんですか」

隣のテーブルの緊迫感が急上昇。明らかに、場のムードが変わって来た。

手に取るように分かる不穏な空気。一気に温度が下がった。

わたしはコニーさんに小声で話しかける。

「……コニーさん、隣のムードが悪くなってますよ……？」

　コニーさんは——何食わぬ顔でメニューと睨めっこ。

「さーてひなちゃん何食べよっか？　この燻製チーズがおいしいんだって。あとベーコン♪」

　ああ、こんな時に食べ物に集中して……

　もういい、わたし一人で大人しく隣の会話に集中だ。隣のテーブルで進行している事態を理解する事に全力を傾けよう。

　そう、スパイなんだから——わたしは聞き耳を立てる。

「単なるたとえ話だよ——ある所に、一人の二年目社員がいた。とっても優秀な子だったけれど、とある企画の事で上司ともめてたんだ」

「……当てつけみたいなたとえ話なんて聞きたくはありません」

　まあまあ聞いてよ、と流さんは言う。

「——彼女は『上司が自分を煙に巻く』と不満を漏らしてた。誤魔化し、ずらし、はぐらかし。部下の言葉を真剣に受け止めていない——彼女はそう思ってたわけ。大切に育てた企画をおざなりにされた事にも怒りを感じてた。それが二年目の社員から見た課長の全て——だけど、物事には表があれば裏もある。燻製の料理だって食べるのは一瞬だけど、作る為には何時間も煙を当てて香りを巻き付けるっていう裏舞台があるしね。課長の視点から見ると、また別のお話があった——ねえねえ、聞きたい？」

奈央さんは答えない。だけど、その瞳は是である事を示していた。

流さんは何をしようとしているんだろう——分からない。

わたしは、いつの間にか隣の会話に引き込まれていた。ただ黙って、耳を澄ます。

流さんはしばらくの間を置いて、そして言葉を続けた。

「——偉い人たちがズラーッと集《つど》う月例の定期報告会。下手なことを言えばバッサリ切り捨てられちゃうようなピリッとした緊迫感のある空気。ロの字型にテーブルが列んだ、バスケのゲームが出来ちゃいそうなくらいに広い大会議室の中で、その課長は一つの提言をしたんだ——題目は、とある二年目社員の企画がボツになりかかっている件について。課長が言ったのは——『二年目社員の企画を推進していきたい』」

「え……？」

「その女子社員の企画が潰れないようにって、孤軍奮闘していたんだよね。だけど、さすがに部の上層部はシビア。笑っちゃうくらいに費用がかさむイベント企画に、簡単にGOなんて出さない。数値的根拠をいくら並べても、それはあくまで机上の空論。当然、こう言ってくるんだよね」

そこで、流さんは何かをポケットから取り出した。

シルバーカラーの、プラスチックの、何か。

あれは――レコーダーだ。

今日、静さんが課の部屋に入って来た時に、流さんに放り投げて渡していたもの。

流さんはレコーダーをテーブルの上に置き、再生ボタンを押す。

――『鶴巻、失敗をしたらその責任はどう取るつもりだ』――

流さんはそこで再生を止めた。

「なんですか、これ……」

奈央さんは驚きに言葉を失っている。

盗聴――つまりはそういう事なんだろう。

今日夕方に行われていた月例定期報告会の状況が、レコーダーに録音されていた。

流さんは奈央さんの疑問には答えずに、話を続けた。

「――『失敗をしたらその責任はどう取るつもりだ』。鶴巻課長はいろんな人から詰め寄られる。味方は？　勿論誰も居ない。偉い人たちはみんな否定的。そんな中、下手に立ち回れば自分の出世に響くかもだからね。子会社への出向や左遷、そんな可能性も――とかね。しかも大規模な企画だから、転べば相当なダメージ。ここでこの企画に味方をするメリットなんて何一つないよ」

「……それで、どうなったんですか」奈央さんが言った。

「お、興味アリアリだね」ニヤリ、と意地悪そうな顔で笑う流さん。「その前に質問。奈央さんならどう答える？　ずらりと並ぶお偉いさんたちに『失敗をしたらその責任はどう取るつもりだ』って詰め寄られてさ」

「それは……」

うつむく奈央さんを見て、流さんは頷いた。

「――そうそう。ちょっと答えに詰まっちゃう。じゃあ鶴巻課長はどうしたか？……ああ、その前にこの会議の録音の事は誰にも言っちゃダメだよ。何しろこっそり盗聴しちゃったし、特に鶴巻課長からすると聞かれたくないような事も言ってるし。守れるなら続きを聞かせてあげられるけど……どうする？」

「……言いません」

「オッケーオッケー、じゃあこれは僕たちだけの秘密だね――で、答えは、こう」

流さんは再び録音を流した。スピーカーから男性の声が響く。

――『失敗とは一体なんでしょうか。仮に一時的に費用がかさもうとも、一つの仕事をやり遂げれば、携わった社員にとっては大きな財産になる。どれだけ金がかかるのか、どれだけ大変なのか、どれだけ客が喜ぶのか、どれだけの反応があるのか、何が良かったのか、悪かったのか』——

張り詰めた会議の空気と、緊張感までもが伝わってくるような、臨場感のある録音。

声の主が、鶴巻課長なのだろう。

——『この企画の立案者は若い。まだまだこれから勉強をし、成長もする。事実彼女は、自分で考えて努力をしている。企画をやり遂げれば、彼女の中に確かな財産が残るでしょう。そしてそれは、前年度成績優秀者である彼女に対しての、何よりの報酬になる。我々がやるべきは、否認の言い訳を探し出す事ではない。どうすればより成功させる事が出来るか、それを指南する事にあるはず』——

奈央さんはスピーカーの声に耳を傾けている。

目を閉じて、これ以上無いくらいに真剣に、全神経をその音に向けている。

——『この企画における失敗とは、この企画を破棄する事。みなさんは、その唯一の失敗を選択しようとするのか』——

「詰問をひらりとかわして逆に相手の喉元に懐刀を突き付けて——『失敗をしたらその責任はどう取るつもりだ』って問い詰めに対して、どう責任を取るのか鶴巻課長はなんにもまともに答えてないんだよね。上手いこと煙に巻いたってわけ。攻撃は最大の防御。のらりくらりと身をかわしながらの反撃」

「……」

「自分が楽する為にぜんぶ丸投げする上司、人に任せられないでほとんど自分でやっちゃう上司。仕事を任せて、でもいざとなった時には手をさしのべてくれる上司。みんな人のせいにする上司。『上司』って一口に言っても色々居るって事。やり方も、人の説得の仕方も色々。奈央さんの上司、鶴巻課長のやり方は、確かに奈央さんに合わないかも知れないけど、この人のやり方も覚えておいて損は無いんじゃない？　煙に巻くような仕事の仕方も、たまには上手く働くし。こういう切り返しが人を動かす事もあるんだ——今回みたいにね」

「今回みたいに？　まさか……」

「奈央さんの企画、月例定期報告会で承認を得たんだよ。鶴巻課長の台詞の後、事業部長が大笑いをして『そこまで啖呵《たんか》を切るとは面白い。やらせてみろ』ってさ」

「え……！」

奈央さんの顔にあるのは、驚きと戸惑いの表情。

素直に喜べば良いのだろうけれど、それでも課長に感謝をするわけには——そんな事を考えている様子。

そこに、店員さんが料理を持ってやって来た。

だんまりの奈央さんに、流さんは笑顔を向けて言う。

「煙に巻く上司も良いでしょ？　この煙に巻く料理と同じでさ」


ズラリ、と料理が並ぶ。

お通しは燻製のナッツ。流さんたちのテーブルを賑わしているのは燻製モッツァレラのカプレーゼ、燻製のお肉の盛り合わせ、燻製のポテトサラダ。

そしてこちら側のテーブルはと言えば、定番と銘打たれたベーコン、燻製チーズ、そして燻製のおつまみの盛り合わせ。

うーむ、おいしそう。緊迫した空気だというのは十分承知しているつもりだけど、それでもこうして料理を目の前にすると、理性が飛んでしまう。

とりあえず食べちゃおう。店員さんも「冷めないうちに」って言ってたし。

燻製チーズ──スライスされたそのチーズの表面はカリッと焼き上がっている。フォークでぷすりと刺したら濃厚なチーズがあふれ出して来そうな、そんなジューシーなチーズ。見るからにおいしそうだ。ああ……

もう、この際、お腹いっぱいいただこう。わたしはチーズ目がけて箸《はし》を伸ばした。

「いただきまーす──ん！」

十分に燻《いぶ》された香り。外はカリカリ、そのカリカリを一度踏み越えると、溢れ出すようなトロトロ柔らかなチーズ。口の中に流れ込んで来たチーズが、燻製の香りを口の隅々に広げる。ゆっくりと——しかし確実に、濃厚に。

「おいしい！　これ、凄くおいしいですよ⁉」

「どれどれ、僕もいただいちゃおうっと——ふむ、これは良いね！」

コニーさんもご満悦の様子。

ふむ。久保田部長から渡されたノートに後で記しておこう。そっちの方が領収書とも付き合わせやすいし。

お次はおつまみの盛り合わせ。わたしは燻製されたプチトマトに目をつける。っていうか、プチトマトの燻製ってどんな味がするんだ？　頭の中で想像してみるけれど、なかなか上手く行かない。食べた方が早いんだろう。

わたしは目の前にある、焦げ目の付いたプチトマトに箸を向けて口に運ぶ。嚙《か》むと甘くて熱いジューシーなスープが口に広がる。チーズと同じに、その甘いスープがスモークの香りを鼻孔《びこう》に広げた。これはまるで甘く香ばしい小籠包《ショウロンポウ》。

「はは、これも良いですね！」

そんなわたしたちに、流さんが視線をチラリと送って来た。

「ほらほら、隣の人もおいしそうに食べてるし、僕らも食べよう？　おいしいからさ」

そう言って流さんはカプレーゼに箸を伸ばして、それを奈央さんの口元に運ぶ。

「はい奈央さん、あーん♥」

出た……声が甘々。

でも――いかにもひんやりとした爽やかなトマトと、見るからに風味豊かなモッツァレラチーズ。トマトの果汁が、燻製の香りを口の隅々に広げるところを想像するだけで――わたしなら間違い無くアッサリ口を開いてしまうだろう。

ああ、食べたい。奈央さんは小さく口を開き、カプレーゼを受け入れた。

「……ホントだ……」

奈央さんは呟いた。

「ホントにおいしい……！」

奈央さんの顔に、ようやく笑顔が訪れた。

＊

「ふぃー」

お酒の力も手伝って、食べ終わる頃にはすっかり奈央さんと流さんはリラックスしている様子。最初にあった刺々《とげとげ》しい雰囲気は消えて無くなっていた。

現に、わたしの心も完全に和んでいる――って、しまった。

スパイ中なのをすっかり忘れてしまってる。こんなふわふわしてる場合じゃない。

「燻製、良いですね」奈央さんが言う。「お酒のおツマミってイメージしかなかったけど、こうしていろいろ香り付けが出来てバリエーションもあるし。それに――お店も雰囲気あるし。あと、認めたくないですけど……煙に巻くのも悪くない……です」

「でしょでしょ？」流さんが自信ありげに頷いている。

なんだか、奈央さんの懐柔に成功してるみたい。

と、流さんはほんの少しだけ真面目な態度で、「実はさ」と切り出した。

「――奈央さんの上司の鶴巻さんとは何度か話をしててさ、今日の報告会であの人が何を言うかだいたい想像付いてたんだ。だからちょっと音を失敬させて貰ったよ」

「そうなんですか……でも、ケムマキ……鶴巻課長が予定通りの事を言わなかったらどうするつもりだったんです？」

「そしたら普通にデートとして楽しんじゃえば良いでしょ？」

「じゃあ最初っからわたしにこの話をする為に――」

「ま、そういう事。あれ、ガッカリした？」

うぬぼれが強いですよ、と奈央さんは笑った。

「でも……鶴巻課長も最初から言ってくれれば良いのに——上司に提言する、って」

「鶴巻課長は、奈央さんをクールダウンさせたかったんだってさ」

「クールダウン……？」

流さんは頷いた。「——昔さ、鶴巻さんの部下にいたんだよ。血気盛んな有望若手社員が面白そうな仕事を強引に推し進めようとして、色々問題を一人で抱えちゃって、その結果潰れちゃった——奈央さんの姿がその彼の姿に重なっちゃったんだって。だから奈央さんにはそうなってほしくなかった、ってね」

「——わたしは、そんな強引に進めようなんて——」

「でもでも、血気盛んっていうのは少し心当たりあるよね？　他のお仕事が忙しい中、どうにか時間を作って色々下準備してたみたいだし——こんな風にさ」

そう言って流さんは一枚の資料を出してテーブルに置いた。

チラリと見てみると、そこに記されていたのは、何かの一覧。

資料のタイトルは『2601号室　会議室利用状況』——

この二週間、誰がいつその会議室を利用申請していたのかを記してある資料だった。

「プロジェクタ付きの会議室。毎日夜九時から十二時で予約が入ってるんだよね。申請者は奈央さん。で、利用者は一名。プロジェクタ付きの部屋を選んでたのは、多分プレゼンの練習と準備をするのにそれがあった方が都合良かったから――だよね？」

「それは……」

「勤怠的には毎日だいたい夜の九時に退社、だけどその後に会議室を使っている――課長にばれないように色々工夫してたみたいだけど、会議室は予約して鍵を受け取らないと入れない。その鍵が入ってるキーボックスを開ける為には社員証ICカードをセキュリティカードリーダーにかざさないとダメ。そこで記録を取ってるから、バレちゃうんだよね」

「……どうしてこんな情報まで――」

「だって僕らはグループリソースメンテナンス課だからね。会議室予約の申請、提出先はうちでしょ？　社内のリソース使用状況の異常には敏感なんだ。ちょっとキミの事が気になって、色々確認させて貰ったんだよ。それで奈央さんの上司の鶴巻さんにも色々話を聞いちゃったって事。まあ、こっちも勝手に色々調べ回って悪かったと思うけどさ」

奈央さんは黙って流さんの言葉を待っていた。

「鶴巻さんもさ、随分気落ちしてたよ。『少し待て』って意味であんな風に煙に巻く言い方をしてたけど、自分のやっていた事が、ただ単に部下のやる気を損ねるだけ、それどころか逆効果――もっと上手いやり方が出来れば、ってね。でも、公言したら、それはそれで面倒になると思ったんだってさ。『可愛くて前年度優秀者で課長も手懐《なず》けちゃうなんて！』ってやっかまれたり。心当たりもあるんじゃない？」

それを聞いた奈央さんは――口を開かなかった。

思うところがあるんだろう。優秀な人の回りには、必ず足を引っ張る人がいる。

「――鶴巻課長としてもこの企画は通したかった。部下がやる気になってるし、面白いとも思ったから。ただ、弱点も感じていた。キミの企画はファッションアパレル部と関わりがある原宿辺りのショップだけがターゲットになっていたんだけど、これじゃちょっと規模が小さいよね」

「――」

奈央さんもそれを感じていたみたい。彼女の表情がそれを物語っている。

「ホントだったら鶴巻課長は奈央さんに『ショップのラインナップを補強しろ』って言いたいところ。だけど、それよりも一回冷静になって貰う事を優先したかった。だから鶴巻課長はこの部分をまずは自分で補強しようとしてた。原宿の辺りで三ツ星商事と少しでも関わりがあるショップはどれだ、ってね。アパレルだけじゃなくて飲食とか雑貨とかも。僕らが鶴巻課長に会いに行った時、丁度そんな調べもの中だった——だから、せっかくなんで僕らからも少し情報提供させて貰ったよ」

流さんは鞄から資料を取り出して、原宿の地図が記されているページを開き、それを奈央さんに見せた。明治通りと表参道《おもてさんどう》が交差する辺りに、赤い色の点が集中して記されている地図。

「それは三ツ星商事と多かれ少なかれ関わりがあるショップを地図に配置したものなんだ。見てみると好都合な事に一極集中してて、しかも数が結構多いんだよね。このお店を中心に協力を取り付けていけば、交差点付近は奈央さんの企画一色で染まる——イベントの盛り上がりを演出するには、いろんな場所に投資するより一カ所に纏めちゃった方が派手にやれるでしょ？」

「これって——」奈央さんは資料を手に、驚きの顔を見せて呟いた。「どうやって調べたんですか？」

それはね、と言って今度は卓上カレンダーを取り出した。右端に三ツ星商事のマークが入ったアメニティ用のカレンダー。

「社長が代わった時、色んな部署がお得意さんにアメニティグッズを配ったでしょ？

カレンダーとかノートとか手帳とか。アメニティグッズが欲しい時ってグループリソースメンテナンス課に依頼をする――だから僕たちの所に情報が集まってたんだよね。どの部署にどんなお得意さんがいるのか、ってさ。その中から原宿辺りのお店をチョイスしたらこうなったんだ」

「すごい沢山……」奈央さんは資料を熱心に読み込んでいた。「……これだけのお店に協力して貰えるなら、確かに一帯をうちの企画で染めることが出来るかも……」

「そうそう。多くのショップが協賛なら、三ツ星商事と関わりが無いお店でも参加してくれる可能性が高まるし、声もかけやすい。イベントを通じて仕事上でも仲良くなって行く――小さいけれど品質が良くてクオリティの高い商品を扱っているショップを、商社の流通ルートを使って全国展開、ゆくゆくはショップと資本提携――なんて感じでお金儲けに結び付けよう、っていうのが、キミの企画を上に売り込む為の、鶴巻課長の作戦」

流さんは奈央さんの胸元にある企画書を指さした。

「だからその企画書は、奈央さんが作って、鶴巻さんが磨いた企画書、だね」

奈央さんは、やっぱりなんと言えば良いか分からないみたい。

暫《しばら》く黙っていた流さんが、「とにかくさ」と元気づけるような声で言った。

「奈央さん、明日から忙しくなるよ。だって事業部の偉い人は鶴巻さんの提言を受け入れたわけだからね。責任を取るのは鶴巻さんの役回り。どう進めるにしても、相当大変な作業をする必要があるだろうから、優秀な人が回りに居ないと逆に課長が潰れちゃうかも。しっかり助けてあげてね——でもさ、無理はしないようにね？」

奈央さんは小さく頷き、唇を噛み締めた。やがて、意を決したように言う。

「……望むところです」

「頑張ってね」

流さんが笑って返すと、奈央さんも「ありがとうございます」と笑い返す。その時の奈央さんの笑顔は写真で見たものよりもずっとキラキラしてて——

わたしの隣に座っていたコニーさんが、少しだけ笑いながらこっそりと小声で言う。

「と、まあこれが僕らの裏のミッション、ゲストの抱える悩みを『料理』——なんちゃって。なんとなく分かった？」

経理部に回って来た領収書だけ見れば、確かに浪費をしているとしか思えない。

でも、こうして誰かさんのわだかまりを解いたりもしているわけで。

うーん、明日にでも久保田経理部長にノートを叩き付けようと思っていたけれど、でもまあ、もう少し保留にしてみよう——

　──なんて考えている脇で、コニーさんが手を挙げた。

「すいませーん、燻製《ラオホ》ビール一瓶《ひとびん》追加、お願いしま〜す」

　そしてわたしに向けてまるでイタズラ好きの少年のような顔を見せた。

「こっちのテーブル、まだ予算あるんだよね♪」

　前言撤回。やっぱりグルメ課は会社のお金で飲み食いをする浪費課だよ。

　っていうかコニーさん食べてるだけだし。

　危ない危ない。まったく、何騙されてるんだか……わたしってば。

　目の前の焼きたて燻製ベーコンが、まるでわたしをからかうように、〝ジュワッ〟とおいしそうな音をたてた。

※本書記載の情報はすべて2013年12月現在のものです。
※本書記載の情報は変更になる場合があります。

2章 ★★★

ビールとOJT

グルメ課の門を叩いた翌日の早朝、わたしは久保田経理部長に先日の報告をしに経理部へと足を運んだ。とはいえ、報告内容はあまりにペラペラ。

「『経過観察』？――山崎、お前まさか初日一発目で餌付《えづ》けされたんじゃないだろうな」

どちらかと言えば、餌付けされていたのはわたしじゃなくてゲストの奈央さんかも。

「いえ、別にそういうわけじゃなくてですね……なんていうかまだ浪費現場に出くわしてないんですよ」

別にグルメ課の肩を持つつもりじゃないけど、『証拠を掴んだのか』と言われると、かなり怪しいかも。仕事に関係していない飲み会というわけでもなかったので、証拠を出せと言われたら、答えに困ってしまう。

それに、食事をする事も含めて業務みたいだし――

「あまりのろくさするなよ、山崎。こうしている間にもどんどん会社の資産は奴らの胃袋に収まって行く。浪費の可能性があるなら、それを放置するわけにはいかん――報告は以上か？」

「え、ええ……」

　案の定というべきか、内容の無い報告に部長が眉を上げて睨み付けてくる。オールバックの下の瞳が一層鋭い。疑いに満ちた部長の顔——だけど、「まあ良かろう」と一言漏らして気を落ち着かせるように椅子に深く腰を下ろした。「とりあえず連中の職場には食い込んだ。浪費現場を目の当たりにするのも時間の問題だろう」

「そう言えば部長、浪費って、何をしたら浪費なんですかね」

「良い質問だ——そして同時に難しい質問でもある。だが突き詰めれば会社の為になるかならないかだ。私利私欲の為に食事を取っているようであれば、それはすなわち浪費。即刻罰せられるべきものだな」

　罰せられる——「クビ、とかですか？」

「クビにしたいところだが、グルメ課の三人のメンバーのうち二人の若造どもは、そもそもうちの社員ではない。外部の業務委託だ。クビにしたくても出来ん。委託契約の更新停止ということは出来るだろうがな」

『二人の若造ども』というのは、色々ちょっかいを出してくる日比生流さんと、真面目にズレてる響静さんの二人だろう。久保田経理部長の話によると、それこそがこの浪費まがいの行為が許されている一つの理由なのだとか。普通、ただで経費でご飯を食べるには社外の誰かが必要だけど、その誰かというのが、グルメ課で働いている人、というわけらしい。

要するに、自作自演みたいなもの。

っていうか、流さんと静さんって正確に言うと社員じゃなかったんだ。

「とにかく、継続調査を進めてくれ。お前は経理部の代表としてグルメ課に潜入している——その事を忘れるな。次回からは、報告は一週間に一度、水曜日の朝だ。前にも言ったが、タイムリミットは一ヶ月。そこで諮問《しもん》会議を開く予定となっている。良いか、お前は経理部を代表して潜入調査をしている。その事を忘れるな」

久保田経理部長は髪のサイドをパシッと押さえ付け、わたしに睨みを利かせた。

「あ、はい……」有無を言わさない空気に、わたしは思わず頷いてしまった。

部長にこうして突き上げられるのもかなりしんどいし、あの課の人たちと付き合っていくのも身が持たなそうだから、早めに決着を付けてしまおう。

「あの、ただ——そんな経理部の代表のわたしですが、席が無くなってますけど」

「当然だ。一時的だろうがなんだろうが、お前はグルメ課に異動している身分、ここに席があったら変だろう」

かつてわたしの席だった机の足下に、段ボール箱が一つ、寂しげに転がっていた。

小さな段ボール一箱でも、八階から二階まで運ぶのは厳しい。二階に辿り着いてからの道のりがまた遠いわけで。

それにしても、なんだか体よく経理部を追い出された気がする。部長がグルメ課を叩き潰す暁《あかつき》には、わたしもまとめて叩き潰されたりして。

む、それはまずい。早くグルメ課の事を見極めないと。

昨日のアレだけを見れば、確かに浪費とは言い切れない部分も感じたけど、でも流さんは『仕込みが上手く行かなかったらデートに切り替えようと思ってた』なんて事も言ってたし。うん、昨日はたまたまああなっただけだったのかも知れない。

資料室を越え、グルメ課に到着する頃には、もうくたくた。

「ふう……おはようございます」と、言いながら時刻は十四時を少し回った頃。一応、前の部署の人たちと話をしてくるということは課長のコニーさんに伝えてあるから、おとがめを受ける事は無いだろうけれど、それ以前にこの時間にみんなが揃っているのかどうかも怪しい。

でも扉を開けて入ると、全員集合していた。そこに居たのはグルメ課課長のコニーさんと、チャラッとした童顔の流さん。二人ともソファでくつろいでいる。それからメガネ男子の静さんも、同じようにソファで優雅な様子で本を読んでいた。

「おー、ひなちゃんおはよう。ん？」コニーさん。

「おはようございます、ひなのくん。おや」静さん。

「あ、ひなのさん――ってどうしたのその荷物⁉」流さんがソファから飛び跳ねた。

「前の部署に居た頃の荷物ですよ。持って行け、って」

流さんが駆け付けて荷物を持ち上げる。「どうして言わないの、手伝ったのに」

「そんな恩を着せられたら、どこの匂いを嗅がれるか分かりませんし」

「分かった。もう金輪際ひなのさんの匂いを嗅がないことにするね」

「どうだか。匂いを嗅ぐ代わりに別の事をするようになるんじゃないですか？」

「ああ、信用ないな、僕」流さんがガックリと肩を落とした。

「信用を得ようと思ったら実績を積み重ねないといけませんからね――しかし流の場合、一枚一枚の信用があまりに薄っぺらいから、積み重ねているそばから飛び散ってしまう――ああ、今年から流の誕生日には毎年漬け物石でも送り付けましょうか、吹いて飛ばない為にも。それに、漬ければ味も出るでしょう」

時々メガネのブリッジを押さえて、手元の紅茶を口に運んで――まったく、どこの貴人なんだか。そう言えば、昨日はビールを飲みに行くと言って不参加だったし、我が道を行き過ぎる。

流さんは段ボールを部屋に運び入れながら静さんに言葉を返した。

「静さんって、そういうシュールなことを真顔でやったりするから油断出来ないんだよなぁ——絶対いらないからね？」

「僕は冗談が嫌いですので、やると言ったらとことんやります。毎日がエイプリルフールな流とはわけが違いますよ」

「でもでも、嘘《うそ》も方便って言うじゃん？」と、段ボールを床に置きながら、流さんはふと思い出したようにわたしに視線を送ってくる。「——あ、ところでひなのさんって、前はどこの部署にいたの？」

う、と言葉に詰まる。素直に言って良い？　少なくともこの課の長であるコニーさんは知らないはずは無いし、この人たちの謎の情報網なら簡単に割り出せるはず。というわけで部署に関しては素直に言うことにした。

嘘も方便。だけどばれる嘘は方便にならないのだ。

「……経理部ですよ。あんまりにも数字に弱いから、左遷というわけです」

「へえ、ひなちゃん経理部だったんだ」コニーさんも知らなかったらしい。それで良いのだろうか。「でも、確かにこっちの方が合ってるよね。食いしん坊だし」

「そうそう、うちの課で大正解だよ——っていうか意外だね、経理部だったなんて」

無駄に正体を明かしてしまったけど、あまり気にしていないようだからまあ良いか。

「……わたしも何かの間違いだったと思ってますよ。かなり淡々とした数字の入力とか、お給料の計算とか、地味だけどミスをしたら大事件、みたいな仕事が主業務でしたからね。大ざっぱなわたしには向いてません」

「まあ、特に経理は『給料の計算、桁《けた》一つ下に間違えちゃったよー、たは♥』とか、『財務諸表、ちょっと期末には間に合いそうにないですね〜』とかあり得ないからね」

コニーさんの言葉に、わたしは頷いた。

「そうなんですよね。でもその割に給料明細を見ても『経理の人がしっかり計算してくれたんだ』なんて思う人あんまり居ないだろうし。なんて言うか、ありがたがられないというか……でもまあ、世の為人の為に仕事したいわけじゃなくて、大学の先輩に第二食品流通部の人がいるんですけど、その人なんて研修で世界中の食材を食べまくり飲みまくりで——そんなのが目当てでこの会社に入ったんですけどね」

そもそも食品メーカーが全滅気味だったから、大学の先輩の緑さんの話を聞いて方向転換したら、何故か内定を貰っちゃった、みたいな感じだったりして。

「ほう、そう言えばそんな研修がありますね——世界中を股に掛けた研修。なるほど、そういうことでしたか。確かに、研修で世界を回るとなれば各地の主要拠点を点々と巡る――ひなのくん、どんぴしゃです」

　静さんが何度も頷いていた。一体何に納得しているんだか――む、今わたしのお腹に視線を送ったような。食欲旺盛《おうせい》度に納得したみたい。

「――ところでコニーさん」わたしは色々触れられたくないお腹とか話とかを誤魔化す為に別の話を切り出した。「わたし用の机ってあります？　荷物もあるんで、やっぱデスクが無いと仕事って感じが出ないし」

　見渡す限りでは、このデザイン事務所チックな部屋にある作業用デスクは二つ。他にはソファの手前に置いてあるローテーブルだけ。もう少し細かく彼らの浪費活動をレポートする為、記録用のプライベートスペースが必要なのだ。

「えーと、別室にあったはずだけど……でも埃《ほこり》被ってるよ」

「大丈夫、掃除しますから」

　別室はグルメ課の部屋の奥にあるらしい。コニーさんから受け取った鍵で別室の扉を開けてみると、埃っぽい臭いが舞って来た。スイッチを入れると、天井にぶら下がっている裸電球がかちかちと音を立てて点く。時代に取り残されたような部屋だ。

　机は確かにあった。けど、いかにも昔のアメリカ映画の社長が使っていそうな、重厚な机。わたしにはふさわしくない――けど、無いよりはマシ。

静さんと流さんが埃を払い、それを顔を真っ赤にしながら部屋に押し入れる。

「ありがとうございます、静さん、流さん」

「ふぅ、なかなか手強かったですね」

さすがの静さんも、重いものを持つときは涼しい顔は出来ないらしい。

「ひゅう……ちょっとは見直した？」

流さんが額をぬぐいながら言う。

「んー、ちょっとは」

「ちょっとか――まあ千里の道も一歩からだね」

机の中には、かつて誰かが使っていた時の書類がそのまま入っていた。

「あー、全部捨てちゃって良いよ。もう使わない書類だから、シュレッダーに掛けちゃってね」コニーさんが言う。

さて、では大掃除。

机の中の書類を整理していると、一枚の写真が出て来た。写真の左下に記されている日付は――二十三年前。

「あ、何やら写真が出て来ましたけど」

「どれどれ」と、コニーさんが重そうな身体を揺らしてこちらにやって来る。

写真に写っているのは五人の男性。みんな華がある。

「お、随分昔の写真だね――その真ん中の人が、京月さんだよ」

「えーと、京月さんって、確か――」

「前年度まで社長だった人だよ。この頃は――部長だったかな」

コニーさんが指さしたのは、髭《ひげ》を生やした渋みのある男性。背が高く、四十半ばくらい。写真の中では一番年長のようだけれど、並み居る色男たちにひけをとらない。大人の男のオーラを放っている。さすがは社長になる人物。

「へえ――前社長、なにげにカッコイイですね」

「その人が、言ってしまえばこの課の産みの親。特別経費枠を設けてこの課の活動を開始したんだよ」

「まったく、変な課を作ったモノですね、この前社長も」

わたしは京月さんの写真を見ながら呟いた。

そう、この人が浪費専門部隊、グルメ課を世に送り出した諸悪の根源――なんて考えると、この引き締まった男前が急に悪者顔に見えてきた。

そんな京月さんが現役第一線を退いたからこそ、こうしてこの課にメスが入っている——とはいえ、そのメスを入れている執刀医がわたしなので、かなり危なっかしい。

でも、そうはいってても手術は行わなくてはならない。切開をしたお腹の中に潜んでいるのが良性の腫瘍なのか悪性なのか——

そうだ、そもそもなんで前の社長の京月さんはこんな変な課を作ろうと思ったんだろう。そのいきさつが、わたしの報告資料に役立つかも。

よし、それとなく探りを入れて行こう——

と、思っていると、写真の中にいる一人の人物に目が吸い寄せられた。

「お、この隣の人、超カッコイイですね！」

タイトなシャツを身に纏《まと》って、長い髪を後ろで束ねている。ずば抜けて色気と雰囲気がある。スペインの色男を思わせる浅黒い肌と彫りの深い顔立ちは精悍《せいかん》でワイルド。二十三年前という事は、今はたぶん五十歳ちょっと前くらい——かなりのナイスミドルなはず。

「あーん、ステキ♥　ほれぼれしますよ、この男前さんの立ち姿」

「いやー照れるね」コニーさんが頭をかいている。

「やだなあ、別にコニーさんが照れる必要なんて無いですよ」

「えーと、だってそれ、僕だし」

「違いますよ、だってほら、瘦せててカッコイイし。ねえ静さん、流さん？」

二人に視線を送ると、神妙な顔つきをしていた。

「なるほど、現実を認められないと、人はこういう反応を示すんですか。勉強になりましたよ、ひなのくん」

「……ひなのさん、コニーさんみたいなのが好みだったんだ……ショックだな」

「またまたぁ。そうやってわたしをからかって」

けど、みんなの顔に、いつものふざけたニヤケは無い。

「――やっぱり、信じて貰えてませんねコニーさん……まあ、信じられないのも無理はないか、この変わりようだもんね」と言ってコニーさんのお腹の肉をフニフニとつまんでいる。

コニーさんはコニーさんで自分のお腹をパン、と叩いて「はっはっは」と笑った。

わたしはもう一度写真を見て、コニーさんを見る。やはり似ても似つかない。けど、後ろで束ねた長い髪に、浅黒い肌は、確かに写真と同じ――

「ほ、本当にコニーさんなんですか……？」

「だからそうだって言ってるでしょ」

「超どセクシーですけど……」

「まあ、人は変わるし時代は流れるからね」

「流れ過ぎる！」わたしは地に向けて叫んだ。「――一体、何が起きたんです⁉」

「失礼だなあ。ちょっと太っただけじゃない。そんなに落ち込まなくても――」

ひょっとしたらこのコニーさんのお腹のお肉は、浪費課が浪費課たるゆえん、動かぬ証拠なのかも。だとすれば、やはりその真実を明らかにしないと。これだけのお肉を溜め込むなんて、相当な浪費を繰り返さないとなしえないはず。

だって、昔のコニーさんはあんなにスマートでカッコヨかったわけだし。

「ところで、小西課長のメタボリックは解消しませんが、こちらの方の問題は解消しなくてはならないかと――」

と、静さんはやんわりと失礼な事を言いながら、鞄から何やら資料を取り出した。

相変わらずの無表情で、その仕草は気取り気味。思い返してみれば、昨日の振る舞いもそうだったような――流さんとは違うタイプだけど、多分この人も深く関わろうとすると面倒臭そうな感じなのだ。

「ああ、そうそう、一つ仕込み中のミッションがあったんだっけ」コニーさんは、わたしの絶望とか静さんの皮肉なんてどこ吹く風の、軽やかな口調。

「やりましょう」わたしは自分に言い聞かせるように言った。

そう、ミッションをこなして、この課が浪費課なのかどうなのか、本当のところをしっかりと見極めないと。

ミッションの題目として渡されたのは、Ａ４用紙三枚の資料。タイトルは――

「遅刻者一覧……ですか」

その通り、とコニーさんが頷いている。

「人事部は毎月一回、遅刻とか欠勤とかが多い人をピックアップするんだよ。で、遅刻欠勤が多い人の上司に『あなたの部下、大丈夫ですか』ってアナウンス、ってわけ」

ふむ、でもそれが一体どうしたのだろう。

「その一覧、何か気づきませんか？」静さんが聞いて来た。

何か気づくか、というと――

「凄い人がいるでしょ？」コニーさんが助け船を出す。

見てみると、「あ、ホントだ」

ダントツで遅刻が多い人を発見。先月の遅刻が十回――ということは、二日に一回遅刻してることになる。

「月のうち半分は遅刻してるんですか。結構な回数ですね」

静さんがタブレットＰＣをいじりながらわたしの言葉に答えた。

「そう、月のうち半分――遅刻の日数を見ればそれは明白。しかし、それはまやかしです。実際は毎日遅刻をしていることになりますね」

「どういうことです？」

「その一覧の集計はあくまで先月。今月の情報は載っていません。先月、彼が遅刻したのは16日から月末まで。つまり、後半は全滅という事になるんですよ。そして今月の遅刻は、月初から今日16日まで全て――だから、一ヶ月まるまる毎日遅刻という事になります。それが公になるのは今月末。そんな遅刻連発のこの舞浜《まいはま》さんですが、こんな人です」

と、静さんがレポートを渡す。

連日遅刻をしていたのは入社十三年目の社員、舞浜亮二《りょうじ》さん。機械事業本部にある産業設備部で、テーマパーク用のアイテム――例えばジェットコースターの部品とかパーク内カートの調達とかを担当しているらしい。真面目で温厚、草食系の極みみたいな人、との事。

そんな事もあって、付いたあだ名は『ホーリー舞浜』。部内での評価も客先からの評判も上々の、縁の下の力持ち的な中堅社員さん。色んな人から持ち掛けられる相談に真剣に向き合う、誰にでも親切な人なのだとか。

「念の為入社してからの勤務状況を確認してみると、十三年前の２０００年から先月までは一度の遅刻もありません。計画休暇はごく希に取っていますが、休暇の事後申請もなく、勤務態度は極めて良好」

そんな優良人物が、この一ヶ月間は毎日のように遅刻。

「異動、昇格、勤務地変更、顧客の担当変更、上司変更、新しい部下――劇的に遅刻が増える可能性は山ほどありますが、舞浜さんの遅刻分水嶺《ぶんすいれい》である12月16日に合致する業務関連の変更は一切ありません。加えて、今までこれらの環境変化が舞浜さんに訪れた時期の勤務状況を確認しても、有効な異変とみなせるものは見当たりませんでした。業務に関して言えば、ストレス耐性はかなり高い方のようです」

「じゃあじゃあ、逆に言うと、業務以外の何かが起きた、って事だね」

流さんの言葉に、静さんは答える。

「そうなりますね」

コニーさんは静さんの言葉を受け、「というわけで」とわたしの方を見た。

「――入社十三年目で、いきなり勤務態度が激変しちゃってるから、少し気がかりなんだよね。売上も信頼もある彼に何が起きたのか。プライベートなところで、病気とか人間関係とか、少なくとも何かが起きているはず。だから手を打とうって事」

つまりゲストに選んで『料理』してしまう、という事なんだろうけど……

「あのー、わたしうちの課がどういう人をゲストに選ぶのかよく分かってないんですけど……こういう人、っていうのがあるんですかね？」

ああ言ってなかったっけ、とコニーさんが頭を掻いた。「僕たちのミッションは〝社の売上に貢献してる人の問題を『料理』しよう！〟ってのがテーマなんだけどさ、〝売上低下しちゃいそうな問題も『料理』しよう！〟ってのもあるんだよね。だから舞浜さんみたいな売上の数字を持ってる人がガタガタッって崩れちゃう前にテコ入れ、ってね」

「そしてこの舞浜さんの遅刻の原因を探る為に、ここ数日彼の後を尾けてみました。すると、とある場所に通っていることが判明」

「後を尾けてみたって、スパイじゃないんだから……」

わたしは独り言を言うように静さんに向けて言った。

でも、考えてみればわたしも一応経理部からのスパイ、偉そうなことは言えないか。

話の流れからすると今回は遅刻多発の舞浜さんを『料理』するのがミッションみたいだし、とりあえず大人しく話を聞き進めよう。

「……それで静さん、この舞浜さんはどこに通っていたんですか？」

「ビアバーですよ。そこで毎日夜遅くまで過ごしていました」

「ビアバー？」

「そう。これがそのお店です」

静さんはわたしにレシートを見せた。住所は渋谷《しぶや》と書いてある。

記されている日付は昨日、という事は――

「ひょっとして、昨日『ビールを飲みに行く』って言ってたのって、コレなんですか？」

その通りです、と静さんは頷いた。「舞浜さんも居ましたよ」

なるほど。一応昨日は仕事をしていた――んだろうか。単に仕事にかこつけてお酒を飲んで来ただけみたいな感じもするけど。

「――舞浜さんは連日ビアバーに通って夜遅くまで居ました。ただ、彼は別に毎日そこで深酒をしているわけじゃないです。日に一、二杯。多くて三杯。くだを巻くほどは飲みませんが、しかしビアバーにいる時間は会社を出てから閉店までずっとと随分長い。時間にして平均四時間。さてここで問題です。なぜ彼はそれだけ長い時間、毎日そのお店に居るのでしょう。どう思いますか、ひなのくん」

「うーむ」わたしは腕を組む。

毎日のように足を運んで、通い詰めている。なら、その理由は――

「お店が素敵、という事ですかね」

「半分正解です。実際、料理もビールも雰囲気も魅力的な店ですから。しかし、それにしても普通に考えて体力的に毎日は厳しい。この彼は三十六歳、そうそう無茶をする年齢ではありませんし、そもそもそんな無茶をするような性格の人でもない。遅刻をしてまで連日足を運ぶのはそれなりにわけがあります」

「むー、なんですかね……」

「単純な話です。そこに会いたい人がいるのですよ」

「なるほど、店員さんが好きなんだ！」

静さんは溜息をついて首を横に振った。「ひなのくん……なんと安直な」

「安直、ですか……」

「店員さんなら店に行けばかなりの確率で会えます。毎日通うよりも、日を空けた方が新鮮味を演出出来るでしょう。彼が会いたがっているのは客。それも毎日行かないと遭遇出来ないくらいにレアな客――というのを、昨日直接このビアバーに行って確認して来ました」

「店員さんにですか？」

「いいえ、今回の案件のゲスト、舞浜さんが自分で言っていましたよ。隣に座っていた見知らぬ客にね。それを後ろで聞き耳を立てて聞かせて貰ったというわけです」

ゲスト本人が言っているなら本当なんだろう。けど——

うーむ、会いたい人の為に毎日お店に足を運ぶなんて——まさに生真面目な草食系の典型みたいな人。商社マンは肉食系で即断即決タイプが多いけど、それとは真逆。

「それで、舞浜さんをさっきビアバーに誘って来ました」

「誘って来た？　まさか静さんの知り合いなんですか」

「いいや、縁もゆかりもありません」

ゲストが女子なら流さんみたいにデートの約束を装う事は出来るだろうけれど、相手が男の人の場合はどうするんだろう。

と考えていると静さんが答え合わせを始めた。

「単純な話です。カフェテリアで彼にぶつかって、コーヒーをこぼさせました。それでお詫《わ》びとしてビアバーで一杯ご馳走していただく、という事にしたわけです」

「一杯ご馳走って……なんて事してるんですか、もう」

「そうでもしないと、見ず知らずの男に声をかけられて『はいそうですか、じゃあ行きましょう』とはなりませんからね」

確かに。

「でもいきなりビアバーの話をするのも変ですよね」

「そこでさっきのレシートですよ」

と、静さんはわたしの手にあるレシートを指して言った。

『おや、あなたからお借りしたハンカチに何か挟まってますね。ビアバーのレシートですか。僕もビールが大好きで……どうです今夜』――そんな調子です」

うーむ。そんなのが上手く行くのだろうか。

わたしの疑問を払うように、静さんは自分のジャケットをめくった。

「そして結果はご覧の通り」

下に現れたワイシャツは、確かにコーヒー色に染まっている。

「丁度ひなのくんが来る少し前、この『仕込み』を片付けてきたところです。ついでに言うと、ゲストの舞浜さんには『課の後輩を連れて行きます』とお伝えしていますので、あしからず」

「え、それってわたしのことですか?」

その通り、と静さんが頷くと、コニーさんがパンと手を叩いた。

「というわけで、今日の『料理』は渋谷。ひなちゃん、今回は静くんのお手並み拝見、というわけで一緒にこの件に取りかかって頂戴」

むむ、勝手に同席の話を進めて……

でも、これに限って言えば好都合。昨日の燻製のお店での『料理』が本当にただの浪費ではないのか、今日もう一度この目で確認しよう。

＊

渋谷——言わずと知れた若者の街。ティーンたちに音楽やファッションの流行を発信する基地局。駅の周辺には数多のデパート、ショップがズラリと並び、昼夜を問わず人でごった返す。まさに毎日がパーティな街。そう、ここはオープンなパーティ会場なのだ。メインステージは、今は名前をバスケット通りと変えたセンター街、公園通りにスペイン坂。ラフなスタイルのカップルが、このパーティ会場を賑わせている。

そんな渋谷の午後八時。舞浜さんは午後は外回りなので、渋谷駅の待ち合わせスポット、モヤイ像前で合流する事に。

わたしの目的はグルメ課の実態把握。だから問題が解決するかどうかは二の次なのだけれど、グルメ課からすればそれが第一番目の目的。問題をどうにかして解決する必要があるはず。

舞浜さんの抱えている表面的な問題は〝遅刻〟で、その裏にあるのは〝会いたい人に会えない〟という事。だとすれば、グルメ課がやるべき事は、その人を見つけ出して彼に会わせる事——だけど、一体どうやって実現するつもりなのだろう。

静さんの答えは、随分気楽なものだった。

「そのヒントとなる材料を今日聞き出すつもりです」

「意外に計画性が無いですね……」

静さんの雰囲気からして、全部かっちり決めてから勝負に挑みそうな気がしたんだけど、そうでもないみたいだ。思えば、今日聞いた『カフェテリアでぶつかってコーヒーをこぼさせてアプローチ作戦』も、結構綱渡りっぽいし。

でも、せっかくやるなら、悩める社員さんの問題をクリアにして貰いたいところ。ファッションアパレル部の奈央さんも最後は良い笑顔を見せていたわけで。

後味が良い方が料理もおいしいのだ。

——って、わたしが一番穀潰《ごくつぶ》し社員になってるような気が。夜は食べて飲んで、昼はほとんど何もしてないんだから。

まずい。スパイ活動を頑張ろう。

「まあ最初から完璧を目指す必要は無いですよ——さて、彼がやって来ましたね」

静さんの視線の先には、こちらに向かって小走りにやって来る舞浜さん。

「お待たせしました。遅れてしまってすみません」

「いえいえ全然」静さんが少し笑顔を作って答える。「今まで渋谷で打ち合わせか何かだったのですか？」

「渋谷じゃないですけど、お客さんの所に——ああ、そちらがヒビキさんの後輩の……」

そう言ってわたしに視線を送った。

「そう、山崎ひなのくんです」と静さんがわたしを紹介した。

「山崎ひなのです、よろしくお願いします」

ぺこりとお辞儀をすると、舞浜さんも挨拶を返した。

「初めまして、舞浜亮二です。それにしても、ヒビキさんといい、山崎さんといい、やっぱり上とは違って下の人はどことなく物腰が柔らかい——」

と、そこで舞浜さんはハッと言葉を止めた。

そう、三ツ星商事ではカフェテリアを挟んで上と下が分かれていて、事務部門は下層の人なんて軽くバカにされた感じで言われているのだ。

「……すみません、失言でした」

ついうっかり言ってしまったという感じだったけど、それでもだいぶ申し訳なさそうな表情。話に聞くとおり、真面目な雰囲気の人だ。

「えーと、ははは、気にしないで下さい。そう言われてるのは知ってますし、それに実際下にフロアがあるのは事実ですし」グルメ課は下過ぎるけど。

ちょっとギクシャクしたところで、静さんが笑って言った。

「さて、今の失態を踏まえて、ひなのくんにも一杯ご馳走。それでいきましょう」

分かりました、と舞浜さんはあだ名に似つかわしいホーリーな笑顔を見せて来た。

「では行きましょうか」

そんな舞浜さんの言葉を合図に、わたしたちは歩き出す。

渋谷駅から歩道橋を渡った向こう側、駅から五分ほど離れたビルの地下二階が、お目当ての場所。わたしたちは地下に潜る階段を進む。

おお、なんていうか〝冒険〟っていう感じ。ヨーロピアンなファンタジーっぽい世界で、女子一人で誰かを助ける為に勇気を振り絞って秘密の地下道を通って――なんて妄想が頭を駆け巡る。

そう考えるとなんだか妙にワクワクして来た――

――って、待て待て。わたしの役割はスパイ。今回の『料理』で、この課が浪費をしているかどうか見極める――それが今日の目的だ。さっき心に誓ったばかりなのに。肝に銘じておこう。

階段を下りきり、細長い通路を越えた先に、お店が見えた。

お店の名前は『セルベッサジム　カタラタス』。ドアのガラス窓から覗くのは、照明の明るい店内。カウンターが六席と、それからテーブル席が三つくらい。カウンター席で隣の人と親しくなるには丁度良い感じのお店だ。なんだか冒険者が旅の情報交換をし始めちゃいそうなバー。

ただ、意外なことが一つ。お店の中のお客さんは半分以上が女子なのだ。ビアバーってもっとオジサンなイメージがあったけれど、そうでもないみたい。

「いらっしゃいませ」

舞浜さんに続いて店内へ入り、わたしたちはカウンターに着いた。目の前に列んでいるポンプみたいな機械でビールを出すのだろう。カウンターの向こう側には、沢山のビール――ラベルを眺めているだけで楽しくなってしまう。

わたしたちはとりあえずビールを一杯ずつ頼んだ。せっかくなので瓶《びん》じゃなくて目の前で注いで貰うやつをオーダー。

「樽生《ドラフト》も頻繁に替わるし、料理もおいしいんですよね。お気に入りのお店です」

静さんが店内を見回しながら言った。「なるほど、雰囲気の良いお店ですね。通いたくなる理由も分かります——ところで、こちらのお店にはどのくらいのペースで？」

さりげない口調の質問——だけど舞浜さんは途端に言葉を詰まらせ、目を泳がせた。

「え、ええ、まあ……」

いくらビール好きでも、会社が終わったら毎日ビアバー、とは確かに答え辛いかも。しかもお目当ては好きな人。目的が目的だけに、なおさら言いにくいはず。

静さんはそれとなく被せて詰め寄る。

「ああ、そう言えば、コーヒーをこぼした時に貸していただいたハンカチに挟まってたレシートも、昨日の日付でしたね」

カウンター席で店員さんを向かいにしては、あんまり下手な嘘も言えない。それを見越してか、静さんの声はやや大きめ。それとなく、だけど確実に詰めている。

男の人の嘘は絶対にバレるというけれど、誠実で実直な性格だという舞浜さんは、嘘をつく前から色々バレまくりの、明らかに動揺した様子。物腰が柔らかくて普段は落ち着いた雰囲気なだけに、いっそうそのドギマギが目立っていた。

舞浜さんは、一瞬躊躇《ちゅうちょ》しつつも、くぐもった声で答える。

「……結構来ますね、確かに。暇さえあれば……」

「そうですか。では……」

静さんはさっきと同じさりげない口調で、舞浜さんに囁《ささや》いた。

「……今日はお目当ての方はいらっしゃっていますか？」

「え……な、なんの話を……？」

不意を突かれたらしい。舞浜さんは驚いている。

そんな舞浜さんに向けて、静さんは指を三本突き出した。

「単純な話ですよ。男がビアバーに通う理由その一、ビールが好き。その二、お店が好き。その三、誰かが好き。ビールが好きなだけなら自宅近くか会社近くのお店を選ぶ、となると、このお店が目当てであることは確実でしょう。ただ、暇さえあれば来るという事になると、三の可能性が高いでしょう。おまけにここは渋谷ですからね」

ここが渋谷だと、何か関係があるんだろうか。

わたしの疑問を察した静さんが、フォローをする。

「――お店にもよりますが、渋谷のビアバーには他には無い特徴があります。ひなのくんもひょっとしたらお店に入って感じたかもしれませんが――」

お店に入った時に感じた事と言えば――

「――女子の多さですか？」わたしは言った。

「その通りです。この辺りのビアバーはお客の六割から七割が女性。一人でふらっと足を運んでいる人もいるし、何かのオフ会や女子会で店内が女性だらけという事もあります。クラフトビールを多く扱っているようなお店だと、特にですね。女子の多い場所に足繁く通うならその三、というわけです――ですよね、舞浜さん」

「それは……」話を振られた舞浜さんは、たじろいで言葉を濁している。

「ああ、舞浜さんをからかうような真似をしてしまいましたね――ただ、僕も都内のビアバーは結構詳しいから、その方を知っているかも」

「え⁉」舞浜さんは声を上げた。次の瞬間、しまった、と言った顔で反射的に漏らす。

「あっ……」

「なるほど、やはり図星だったと」

「い、いや別に……」

「そうですか――しかしながら、お目当ての人とお近づきになりたいというのであれば、本当にご協力出来ると思いますよ――勿論、報酬としてたっぷりおごって貰いますがね」

静さんは笑顔を作って、表情を和らげた。

そこで、ようやく舞浜さんは口を開く。

「……本当ですか？」

ええ、と静さんは頷いた。

協力する姿勢を見せて、相手の心を開く――報酬を要求して、警戒心を解く。

うーむ、舞浜さんがまな板の上で良い感じに料理されちゃってる。

そうこうしている中でビールが到着。わたしたちはそれで乾杯をした。

舞浜さんは勢いを付けるように一気に半分ほど飲み、少し躊躇《ためら》った後、呟いた。

「……少し長い話になるかもしれませんが――」

「構いませんよ。太陽が昇るまでは、まだ大分時間がありますし」

さりげなく『朝まで飲む』発言……って、遅刻を無くすどころか遅刻が増加してしまう。さすがに言葉のあやだろうけど――でも、なんとなくグルメ課のメンバーが朝遅い理由が分かったような気がする。

わずかな沈黙の後、それではお話しします、と舞浜さんは話を始めた。

「――丁度今から一ヶ月前、このお店でとある人に会ったんです。お互い一人、カウンターで偶然隣同士。その人は随分おいしそうにビールを飲んでいて、それがあまりにも気持ちよさそうだったから、声をかけたんです」

その人というのは、二十代半ばくらいの、快活な美人だったのだとか。

舞浜さんは話しかける。おいしそうにビールを飲みますね……ビールが好きなんです……僕もですよ……そうなんですか——そんな風に話をし始め、近くのお勧めのお店やお勧めの料理、それから話題は趣味の話へと移る。二人ともおいしいモノを食べるのが好きだというところから話は盛り上がり、気づけば夜が更けるまでビールを飲み続けていた。空にしたパイントグラスは、舞浜さんは九杯、そして彼女は十八杯。

「じゅ、十八杯、ですか……」それを一晩でとなると、相当強い。

「僕もお酒は強いつもりだったんですが、彼女はずっと強かったです。帰る頃にはフラフラ。でも彼女は一向に元気で、このまま二軒目に行こう、くらいの勢いでした」

終電も近い時間、明日は会社、そんなわけで、その日は彼女を駅で見送り、別れた。

「別れてすぐ、また彼女と話がしたいと思いました。彼女の連絡先を聞いていなかったけれど、このお店にしばらく足を運んでいれば、いつかは会えると気軽に考えていたんです」

そんな事があって、それ以来舞浜さんはそのビアバーに通い詰めた。目的は、彼女に会う為。お店の料理とビール、それから雰囲気に魅せられた事も手伝って、なんだかんだと毎日足を運ぶ事に。けど、彼女は来ない。店員さんも彼女の事は知らなかった。どうやら彼女もその日はじめてお店にやって来たらしい。

そんな風にして、舞浜さんは連日ビアバーに通うようになったのだとか。

それにしても一ヶ月ずっと——随分ご執心だ。何か理由があるのだろうか。

舞浜さんは続けた。

「——実は大学の頃から十年間付き合っていた女性がいたのですが、五年ほど前に別れたんです……端的に言えば僕が振られたからということになるのですが……十年も一緒に居て、プロポーズもせずになんとなく過ごしてしまって。『いつか言おう、いつか言おう』と思いながらズルズルと……現状のぬるま湯に甘んじていたんですね」

うーむ、確かにこういう人、多いのかも。草食系というか、優柔不断というか、決定力不足な人。

「でも、彼女にしたっていつまでも時間を無駄には出来ない。三十になった頃、『あなたに結婚の意思が無いなら別れちゃおうか』と言って来たんです。まあ、当然ですね。でも僕は相変わらず『今度の彼女の誕生日に言おう』とか——なんとなく先送りにしていました。別に結婚の意思が無かったわけじゃないんですが……ハッキリしない男だったんです……」

彼女にしても我慢の限界だっただろう。

「そんなある日、食事の帰り道、渋谷のスクランブル交差点のど真ん中で、彼女がなんの前触れも無くいきなり叫んだんですよ。『結婚する気があるのか無いのかハッキリしてよ！』って。公衆の面前で何を、と思いました。僕は彼女の手を引いて『少し落ち着こう』とたしなめたんです。でも彼女は僕の手を振り切り、『信号が変わるまでに決めて！』と言って聞かなかった。僕はとりあえず危ないから信号を渡りきろう、と言って駅の方に向かったんです。彼女もついて付るだろうと――でも彼女は『バカ！』と叫んで駅とは逆の方に渡って、街の人混みに溶けるように姿を消しました……彼女とはそれっきりです」

「ほう、それはまたこっぴどく振られましたね――残念ながら同情は出来ませんが」

「それはそうでしょうね。十年も待たせてそのていたらくですから。そんな事があってもう五年。ずっと女性を避けていましたけれど……」

「このビアバーで、一人の女性に会った」静さんが言葉を受けて言った。

「そう。彼女のする話は、僕には刺激的だった。なんていうか、停滞して同じ所にとどまっている自分からすると、どんな所にでも行って、どんな経験でもしようとする彼女が、とても眩《まぶ》しかった。僕の趣味と言えば天体観測なんですが、どちらかというとおしとやかですよね。だから、彼女の体験談がすごく鮮烈だったんです」

「だから彼女に惹《ひ》かれた、と」

「まあそうですが――でも、自分の中でスイッチが入った瞬間があるんですよね。彼女に好意を持った瞬間というか。その日、ちょっとした理由から、全額が僕持ちになったんです。席を立つ時、彼女は僕の背中をダン、と叩いて『ご馳走さま！』って笑ったんですよ。気持ちよく飲んで食べて、スカッとしてて、そんな気っ風《きっぷ》の良い所に、ぐっと来たんですよね。凄いチャーミングな人だな、と。背中を思いっきり叩かれたのも、なんだか後押しして貰ったみたいで、元気が出たんです」

うーん、ツボが分からない。でもまあ、それは置いておこう。

とにかく、そんなわけで舞浜さんは彼女に会おうとこのビアバーに通うようになり、そして遅刻をするようになった――

「それで毎朝――」と、わたしが言いかけたら、「オホン！」と静さんが咳払《せきばら》いをしてわたしの言葉を掻き消した。

そうだった、遅刻の事はこの場で触れることは出来ないんだ。舞浜さんはわたしたちが何故彼をこのお店に誘っているのか、その真意を知らないのだから。

とりあえずグルメ課の浪費現場を観察して、その尻尾を掴む役に徹しよう。

舞浜さんはこちらの様子は気に留めず、言葉を続けた。

「……もう一度このお店で彼女に会いたい。そう思ってここに足を運ぶようになったんです。偶然会えたら良いだろうなって。なんて言うか、運命的な感じもしますしね」

確かに、この人が溢れる東京で、偶然二人が出会った方が、運命的。

というか、事情が事情なだけに、消極的な方法でしか、彼女と会う事が叶《かな》わない。

「彼女とのつながりはこのお店だけ。そして、手元に残されたものは、このレシートだけ——これは、彼女がその日にオーダーしたドリンクです」

そう言って舞浜さんは一枚のレシートを取り出した。驚くほど長いレシート。これが、先に舞浜さんが言っていた十八杯のビールだろう。

舞浜さんはしみじみとレシートを眺める。「——その日、彼女とゲームをしたんです。ちょっとした賭《か》けですね。彼女は僕にクイズを出したんですよ。クイズに正解したら支払いは全額彼女持ち、分からなければ全額僕持ち。分かっても分からないフリをしようと思って挑んだんですけど、本気で分からなかった。それがこのレシートです」

「どんなクイズですか」静さんが身を乗り出した。

「『今までわたしが飲んだビールの順番にどういう意味があるか、当てられる？』——彼女はそう僕に言いました。この一ヶ月、ずっと考えているんですけど、まだ答えが分からないんですよね」

「誰かに聞けば答えが分かるのではないですか？　お店の方とか」

「ビールに詳しい人に聞くのはダメと言われてまして、だから守っているんです。でもまだ分かってないんですよ。分かるのは、普通の飲み方じゃないって事だけ」

何が変なのだろう。

――っていうか、興味をそそられてしまっているじゃないか。

いや、でも話の流れに付いて行かないとスパイもままならない。スパイはその役になりきる事が重要なのだ。そう、わたしはこの謎に興味を示す新人グルメ課員。それなら興味津々《しんしん》でも良いはず。よし、そのスタンスで行こう。

わたしと静さんは舞浜さんからレシートを受け取り、それに目を通す。列んでいるのは十八杯のビールたち。上から順番に言うと――

『コナ』、『ヘラクレス　Ｗ《ダブル》ＩＰＡ』、『コロナ・エキストラ』、『ノヴァ・スキン』、『ヤングズ・ダブル・チョコレートスタウト』、『マオウ』、『クローネンブルグ・ブラン』、『パウエル・クワック』、『ケストリッツァー・シュヴァルツ』、『ピルスナー・ウルケル』、『モレッティ』、『エフェス』、『マカビー』、『キングフィッシャー』、『シンハー』、『バーバーバー』、『バリハイ・ドラフト』、『チンタオ』――

「それを、レシートの上から順に飲んでいったんです」

とりあえず十八杯を飲むというのが変――というか、凄い。

「むー、確かに一人で飲み過ぎですけど……でも、そういう人もいますよね」

「変なのは飲み過ぎな所ではないです。量は関係ありません」

うーむ、なんだろう。「静さん、分かります？」

思わず普通に考えてしまっているわたし。

でも、さっきの話を聞いてしまったら、さすがに協力もしたくなってしまう。

静さんは、レシートを見ながら顎に手を当てて小さく頷いている。

「なるほど、確かに変わった飲み方ですね」

「……フードメニュー無しにひたすら飲んでるなんて変、とかですかね」

「いいえ、他で食べて来たなら、そういう事もあり得るでしょう。僕たちが変だと言っているのは、それとはまったく別です」

舞浜さんは頷く。「その日、自分の会計とフードメニューは僕側の会計に入っています。実際は色々食べましたね。彼女、食べる量もなかなかでした」

「だったら――」なんだろう、全然分からない。

静さんがわたしの言葉を遮るように言った。

「じゃあ、何が変なのか。ビールをオーダーして確認してみましょう。飲めば一発で分かります」

「えっ、全部を頼むんですか？」舞浜さんが驚いている。

「ご心配なく。ビール代はこちらで持ちますよ。最初に飲んだ一杯ずつ以外はね」


ズラリと列ぶ、十八杯のビールたち。

派手な浪費現場――な、わけだけれど、随分とバランスの悪いオーダーだ。

単純に食べて飲んでを楽しむなら、ビールだけというのは……

そんな事は意に介さない様子で、静さんはわたしにビールを勧めて来た。

「分かりやすいところで、この三つを順番に試してみましょう。さあひなのくん、飲んでみて貰えますか」

静さんがわたしの前にビールを差し出した。一つはいわゆる黒ビールといった感じの色。もう一つは紅茶のような色で、残りの一つはいかにも普通のビール。

「順番に、『ヤングズ・ダブル・チョコレートスタウト』、『パウエル・クワック』それから『ピルスナー・ウルケル』。レシートの彼女が五番目、八番目、十番目に飲んだビールです」

「ではいただきます――」

わたしはその黒いビールを一口飲んだ。

ん――？

思わず二度飲み、三度飲み――

「何これ⁉　チョコレートの味がしますよ⁉」

「これはチョコレートスタウト。焙煎麦芽《チョコレートモルト》で作ったビールです。バレンタインにこのビールを貰ったら、なかなかのインパクト。相手がビール好きなら攻撃力抜群。好感度アップ間違いなしです」

「男の人に飲ませるなんてもったいないですよ！」言いながらもう一口。

「次のビールもなかなか面白いですよ――これです」

そう言って響さんが差し出したのは、紅茶のような赤みを帯びたビール。

口にしてみると――

おお、なんかブランデーのような濃厚な味。これもビールとは思えない。

「パウエル・クワック――ボディが強めのビールですね。そして――」

最後のビールは、いわゆる『とりあえずビール！』という感じの味。

「元祖ピルスナー。日本の大手メーカーのビールのご先祖様みたいなものでしょうか

――さてひなのくん、何が変だったか分かりますか」

「ええ。舌で分かりました。確かに飲めば一発で分かりますね」

チョコレート風味のビールに、濃厚なビール、そして最後にスタンダードなビール。まるでデザートを食べた後にメインディッシュに手を付けて、それからオードブルに取り掛かるようなちぐはぐさ。

む……なんだか無性にはしゃいでしまった。本職はスパイなのだからもう少し客観的に冷静になろう。ふぅ、とわたしは呼吸を整えた。

放っておいても冷静な静さんが言う。「そういうことです。ビールに限らず、お酒はボディ——単純に言えばアルコール度数の強弱や味の濃淡——の弱いモノから強いモノに順々に攻めるのが一般的。最初から濃厚なビールを飲むと次に飲むビールの味が貧弱に感じられてしまいますからね。しかし、レシートのオーダーはそれを無視した並び。ボディが強いモノから弱いモノ。そしてまた強いモノ。最後に比較的パンチが弱めなピルスナーたち。普通に考えたら、少し変なオーダー順番に思えます」

「そうなんです」舞浜さんが頷いた。「僕も別にビールに詳しいわけじゃないですけど、この並び順にどんな意味があるのか、分からないんですよ。滅茶苦茶にしか思えない」

さっきの味わいを知ってしまったら、少なくとも普通の飲み方でない事は確か。

「でも——わたしみたいに、そういうルールを知らなかっただけじゃないですかね。とりあえず目に付いたものを適当に頼んでみたとか」

わたしの言葉に、舞浜さんが首を横に振った。

「それだとクイズにはならないです。並び順に意味があるから、彼女はそれを当ててみろと言って来た——それに、彼女はドリンクメニューを見ずに注文していたんですよ。だとしたら、そのビールがどんな味かは知っているはずです」

「むー」確かにその通り。

「樽生《ドラフト》を片っ端から、というのであれば一応納得いきますが、そうでもない。瓶《びん》、樽生、瓶、瓶、瓶、瓶……規則性が見当たりません。暗号かとも思ったけれど、最初の文字を並べても最後の文字を並べても意味が通じない」

だけど、なんらかの意味は間違い無くある——どういう意味なんだろう——気になる。この謎を解かないと、舞浜さんの遅刻が無くなるどころか、考え過ぎて寝不足でわたしの遅刻が急増してしまう。

考え込む中——

口を開いたのは静さんだった。

「確かに、普通の感覚では奇妙な飲み方ですが、僕から言わせれば意味がある並び順——恐らく、一番素敵な飲み方です」

「もしかして、ヒビキさんは分かったんですか？」舞浜さんが少し驚いてみせる。

「ええ、レシートを見せて貰った時から。そして、この並び順の謎を解く事が、彼女を探し出す為の手がかりになります」

「本当ですか⁉　教えて下さい」舞浜さんの顔が真剣なものになった。

「それでは、これから先のフードメニューは舞浜さんのおごり。それでどうです？」

唖然……早速おごって貰おうとしてる。

「……分かりました。それで分かるなら」舞浜さんは頷く。

舞浜さんも何故か乗り気だし。

「さて、ではいくつか料理を持って来て貰いましょう」と、静さんはフードメニューを手に取った――って、食事よりも先にやる事があるはずでしょう。

わたしは静さんを突っついた。「……ちょっと静さん、まずはこの謎をどうにかした方が良いと思うんですけど。食べてる場合なんですか？」

静さんは余裕の表情。「心配は要らないよひなのくん、料理がヒントになります」

テーブルを埋め尽くす、ビールに良く合いそうな料理たち。

こうして目の前に列ばれてしまうと、さっきの言葉とは裏腹に――

「あぁ、おいしそう！　さっそくいただきましょう！」

すぐにでも食べるべき――だって料理は出来たての方がおいしいんだから。

わたしは勇んでフォークを手に装備。後でこの料理をノートに記録しておく為に、しっかり味わっておこう。

――けど、静さんがわたしの襟をつまんだ。

「待って下さい、ひなのくん。さっきも言ったとおり、この料理はヒントです」

「はっ……！」

しまった……そう、ここに列んでいる料理はさっきの謎の答えを導き出す為のもの。

いくら食べたいからと言って、今食べてしまってはダメ。

食い意地が張っている所を思いっきりお披露目してしまった。

「山崎さんは黒山羊さんみたいですね」舞浜さんが笑った。

「『黒山羊さんたら読まずに食べた』――なるほど、確かに」

静さんも笑っている。

ああ……恥ずかし過ぎて耳が熱い。

「では、料理が冷めないうちに早く片付けましょう。彼女が飲んだ十八杯のビールと、この料理たちを組み合わせてみると何かが分かります」

そう言って静さんはビールを横に並べ、次に料理を一つ一つ手に取って並べ替えていき、ビールとペアにした。

「『コナ』には『ガーリックシュリンプ』、『ヤングズ・ダブル・チョコレートスタウト』には『フィッシュ&チップス』、『コロナ・エキストラ』には『チリビーンズ&チップス』、『ケストリッツァー・シュヴァルツ』には『ジャーマンポテト』、『シンハー』には『ガパオライス』……」

そんな具合に、組み合わせを作って行く。

「むー」この組み合わせに一体どんな意味があるのか——まったく分からない。これで分かるはずが無い。そんな風に思っていると——

「ああ、なるほど！」舞浜さんが言う。「そういう事ですか！」

「そういう事です」

ああ良かった良かった、と舞浜さんはすっかり胸のつかえが下りた様子。

「あー……」

わたしは完全に置いてけぼりだ。

つまりこういう事ですね、と舞浜さんは意気揚々とビールを並べ始めた。

「ハワイの『コナ』

アメリカの『ヘラクレス　ＷＩＰＡ』

メキシコの『コロナ・エキストラ』
ブラジルの『ノヴァ・スキン』
イギリスの『ヤングズ・ダブル・チョコレートスタウト』
スペインの『マオウ』
フランスの『クローネンブルグ・ブラン』
ベルギーの『パウエル・クワック』
ドイツの『ケストリッツァー・シュヴァルツ』
チェコの『ピルスナー・ウルケル』
イタリアの『モレッティ』
トルコの『エフェス』
イスラエルの『マカビー』
インドの『キングフィッシャー』
タイの『シンハー』
ベトナムの『バーバー』
インドネシアの『バリハイ・ドラフト』
中国の『チンタオ』――

ビールは国とペアなんですね。さっきの料理で分かりました。確かに、この並びには意味がありますよ」

「そういう事です――では、謎も解けたという事で、食べましょうか」と静さん。

「なんだか急にお腹が減りましたよ」舞浜さんまで。

フォークを手に、料理を食べ始める二人。

「おっと、料理もビールも頼み過ぎましたね。近くの人に手伝って貰いましょう――すみません、どうですか、お一つ」

静さんが後ろを向いて他のお客さんに誘いを掛ける――

と、そこにいたのはまさかのコニーさんと流さん。

後ろに構えていたなんて――っていうかいつの間に。

コニーさんは待ってましたと身を乗り出す。

「え、良いんですか？　知らない人から物を貰っちゃダメと言いますけど、おいしい料理とビールは例外――いやー、たまには良い事もあるもんです、はっはっは」

しかも完全に他人のフリを決め込んでいるし。

「ビールはみんなで楽しむものですからね。それに、この量は三人では食べきれない」

「じゃあ遠慮なく手伝わせて貰いますよ」完全にノリノリ。

「ああ、僕この春巻きが好きなんですよ。どうぞどうぞ」舞浜さんもすっかり気分が良くなっているみたい。

「ふむ──んん、良いですねぇ！　熱々でカリッとしたこの歯ごたえ！」

「見て見てコニーさん！　このフィッシュ&チップス、器が面白くない？」流さんもはしゃいでいる。

「ふむ──パラタは、まさに南インド流平らなモチモチクロワッサン。これは実に良い」静さんが珍しく幸せそうな顔をしている。

あれよあれよと四人がかりでテーブルの料理を片付けて行く。

ああ──ヒントが食べられちゃってる。

「ちょっ……！」

──ダン！──

「ちょっと待ったッ！」

わたしはテーブルを叩いて勢いよく立ち上がった。

四人が箸をぴたりと止めて、わたしに視線を向ける。

「──まだゲームは終わっていません……！」

「……？」静さんと舞浜さんが目を見合わせている。「……まさかひなのくん、これだけヒントがあってまだ理解出来ていないのですか」

「――わたしはビールの事は詳しく無いんです。分からなくて当然ッ」

「山崎さん、料理だけ見ても答えは丸わかりです」

ぐ……誰にでも優しいというホーリー舞浜さんまで。

料理からでも分かるなら、ビールを知らないという言い訳は通じない。ふぬぬ……

仕方ありません、と静さんはメガネのブリッジを指で上げ、溜息をついた。

「……料理が冷めてしまうから答え合わせをしてしまいましょう――早急に」

鞄から取り出したＡ１サイズの巨大なコピー用紙をテーブルに広げる。

「なんでそんなに大きな紙を持ってるんです？　静さん」

静さんは小声でわたしの問いに答えた。「まあ、別の『仕込み』の関係上です」

む、並行していくつも『仕込み』をしているらしい。だけどそれについてはまた別の機会に聞こう。

マジックを手にした静さんはＡ１用紙に何かを書き始めた。

静さんが書いたのは――

「……地図？」

それは、日本が最東端にある世界地図。

「そう。早速この地図の上に、謎の彼女が飲んでいたビールを配置してみると――」

静さんはビールを手に取って、地図に乗せた。

「――極東の地、日本を離れ、大いなる夢と希望を胸に遙《はる》かなる太平洋へ向かった彼女。最初に飲んだのは『コナ』。これはハワイのビールです。そこから胸躍る情熱の新大陸。二番目の『ヘラクレス　ＷＩＰＡ』はアメリカのビール。ここからアメリカ大陸を南下、地球の真裏、南アメリカ。次の『コロナ・エキストラ』はメキシコ出身。『ノヴァ・スキン』はブラジル。大西洋《アトランティス》を渡って次に向かうのは伝統と歴史の香る、誇り高きヨーロッパ。『ヤングズ・ダブル・チョコレート』はイギリス、『マオウ』はスペインですね」

ハワイ、アメリカ、メキシコ、ブラジル、イギリス、スペイン――次々と並べられていくビールたち。

「ヨーロッパ大陸を越えた彼女が向かったのは中央アジアのトルコ。バザールで手に入れた魔法の絨毯《じゅうたん》で、アラジンとシンドバッドのアラブの国々をひとっ飛び――そして到着したのは天竺《インド》。熱気と活気が渦巻く混沌《こんとん》のエキゾチックなアジア各国を堪能し、最後に辿り着いたのは歴史の大河が流れる、中国」

フランス、ベルギー、ドイツ、チェコ、イタリア、トルコ、イスラエル、インド、タイ、ベトナム、インドネシア、最後に中国。

静さんが描いた地図——

日本が東の端にあるこの地図は、静さんの説明をあまりにも分かり易く視覚化した。

「——ひなのくん、これで分かったでしょう。この並び順にどういう意味があるのか」

「——はい」わたしは頷く。

十八杯のビールの並び順の意味——

言葉で聞くだけでは分からなかったかも知れない。

でも、こうして地図の上に列んで行くビールを見て、分かった。

まるで記念碑《モニュメント》のように置かれたビールの瓶。ラベルの姿をした、旅の道しるべ。

その軌跡を見れば、視覚的にこの飲み順の意味が理解出来る。

——ビールと料理は、見事に西から東へ、と進んで行った。

「ビールで世界一周をしていたんですね」

そうです、おめでとう、と静さんが拍手をすると、流さんやコニーさんもパチパチと手を叩き始めた。にわかに祝福ムード。

じりじりそわそわしていた気持ちが、やっと落ち着いた。ようやくこれで食事にありつける。ふぅ……ひと安心。

という所でコニーさんと流さんは『ご馳走さま！』とサッと姿を消した。まるでハイエナみたいな人たちだ。

まあ、謎も解けて良かった良かった。とりあえずこれで落ち着いてお料理を堪能出来る――と、思いながらも、まだよく分からない事が一つだけあった。

「――そう言えば、なんでその人はこんな飲み方をしたんでしょうね」

わたしの質問に、静さんは肩をすくめた。「さあ、どうでしょう。さすがにこればかりは当人に聞かないと確かな事は分からない――だけど、想像することは出来ます」

「どういう事ですか？」

「恐らく彼女は、今の順で世界を回った事があるのでしょう。色々な国に行き、沢山のモノを見て、多くの人に出会い、様々なものを食べ――そしてその国々で、その土地ならではのビールを飲んだ。だから彼女は、世界中のビールが飲めるこのお店で、思い出していたんじゃないですかね。その土地で飲んだビールを飲みながら、旅の思い出を、一つ一つね」

そうか――ビールをビールとして飲むなら、確かにちぐはぐな飲み方かも知れない。

でも、ビールを思い出として飲むなら、これ以上無い飲み方。

きっと、そうなんだろう。

だから、静さんは『一番素敵な飲み方』と言ったんだ。

そういう事でしたかと舞浜さんは呟いて、笑った。

「……そういえば、彼女は半年ほど世界を巡っていた——そんな話をしていました。彼女が幸せそうにビールを飲んでいたのは、味だけじゃなくて思い出も楽しんでいたからなんですね」

舞浜さんの顔は、ほんの少しだけ曇りが晴れたような——そんな気がする。

今まで抱えていた謎が一つ解けて、少しだけ胸のつかえが下りたんだろう。

だけど、残念ながらこれだけだと彼女がどこの誰なのかまでは分からない——分かるのは、彼女がこの順番で各国を回ったということだけ。

「……これだけじゃ、その彼女さんに辿り着くのは無理かもですね……」

舞浜さんもわたしの言葉に頷いて、沈んでいる様子。

「そうですよね……世界一周の旅行に出る人は年間何百人もいるでしょうから、これだけで彼女に辿り着くのは厳しいでしょう。せめてもう少しとっかかりがあれば……」

静さんは一体これからどうするつもりなんだろう。

チラリと彼の顔を覗くと——なんだか考え込んでいる様子。

「……そのとっかかりですが、この国の回り方、少し気になりますね」

「何がですか?」

「観光目当ての世界一周旅行だとしたらチョイスが渋い、というかメジャーどころを外し過ぎています」

うーん、と舞浜さんが唸った。「確かに、そう言われてみると……オーストラリアとかエジプトも行ってないですね」

「そう、何か明確な目的があるような、例えば仕事で拠点を回っていた——そんな感じがするのですよね。三ツ星商事でも第二食品流通部がやっているでしょう」

「ああ、確か研修も兼ねての食材探しですよね」

第二食品流通部と言えば、わたしの大学の時の先輩、大食いの緑さんがいる部だ。今回の舞浜さんの探している人も、ビールを十八杯も飲む大酒飲み。類は友を呼ぶというくらいだから、ひょっとしたら緑さんの知り合いかも知れない。緑さんもそうだけど、食品関連部署に行く人は、胃袋の丈夫さで選ばれるのだ。

「わたし、ちょうど第二食品流通部に知り合いがいるから、ちょっと聞いてみますよ。このルートに見覚えが無いかどうかとか」

「頼みますよひなのくん、ところで舞浜さん、その彼女の特徴としてめぼしいものはありますか。例えば変わった所にほくろがあるとか、目を惹くアクセサリーをしていたとか……」

「そうですね……ああ、アクセサリーと言えば、彼女の耳にはピアスがされていましたね。エメラルドグリーンの星型のピアスです」

「なるほど、彼女の耳を天体観測していたというわけですか」

「ハハ、面白い事を言いますね、ヒビキさん」

「ひなのくん、星型の緑色のピアス――ヒントはその辺りにあるかもしれない。まあダメ元でも探ってみて下さい」

「ええ、分かりました――」

と、視線の先で、静さんが涼しげに〝してやったり顔〟でニヤリと笑っている。

一体何だろう。彼のあの顔に一体どういう意味が――

「――ん？」

待て。

世界中を巡る研修。

食材探し。

お酒に強い。

髪の短い日焼けした肌の美人。

そして、星型のエメラルド緑《グリーン》のピアス――

「え……？」

思いっきり、固まってしまった。

「……どうかしましたか、山崎さん」

舞浜さんが心配のあまり声をかけてしまうくらい、がっちりと固まっちゃった。

思い当たる節がある――というか、確定じゃないのか、これは。

静さん、全部分かっていたみたい。

どう考えても偶然じゃない。偶然なら出来過ぎだ。

「……舞浜さん、その女性ってまさかこんな人ですかね……？」

わたしは恐る恐るスマホを取り出し、写真を見せる――こんがりと日焼けしたわたしの先輩、星緑さんの写真を。

舞浜さんはそれを見て一瞬硬直し、わたしの顔とスマホの画面を交互に見る。その時の彼の顔は、マンガのキャラクターが見せるような、お見事なビックリ顔だった。

多分、普段だったら大笑いしちゃうような光景と表情だけど、全然笑う余裕も無いってていうか、わたしも同じくらい間抜けな顔をしてると思うし。

「……どうしてこの人の写真が……？」

「いや、どうしてかというと……わたしの大学の時の先輩で、三ツ星商事の人だったりして……ハハハ」

「ほう」静さんが白々しく驚いている。「まさかひなのくんの知り合いだと？」

「……ええ、まあ」

「ハハ……なんだ、それ」舞浜さんはへたりとテーブルに頬《ほお》を付けて、力無くヘラヘラと笑っている。「……まさかうちの人だったなんて……」

確かに、灯台もと暗し過ぎる。一ヶ月もずっとここで粘っていたんだから、ヘナッとしてしまうのも無理ないよ――見てるこっちまで力が抜けてくる。わたしもカウンターで頬杖《づえ》を突いてしまった。

「さて、そうとなれば」一人張り切っているのは静さんだった。「呼んでみましょう、その彼女を。ひなのくん、ちょっと失礼しますよ」

と――静さんはカウンターの上のわたしのスマホを取り、緑さんに電話をかけた。

え――？

唖然《あぜん》。言葉が出なくてかたまってしまった。

いつもの何食わぬ顔でスマホを耳に当てている静さん。

驚きのあまり反応が遅れてしまった。

「ちょ……ちょっと静さん！　何を勝手に……」

信じられない。人のスマホをいじるなんて！

静さんはまったく悪びれる様子も無く、わたしにスマホを差し出した。

「おっと失礼しました。返しましょう――ただ、もうお目当ての彼女には繋がっているから、ちゃんと呼び出して下さいね」

＊

翌日。グルメ課の部屋のソファには、腹立たしいくらい優雅に本を読んでいる静さんの姿があった。わたしは愚痴の意味も込めて、今朝やって来た緑さんからの電話の事を伝えた。

「今朝、緑さんから電話がかかってきましたよ、静さん」

静さんは本から目を離す事もなく、わたしに質問を返して来た。

「ほう、それでその緑くんはなんと？」

「『こらーひなの！　ホントにびっくりしたんだから！　今日のお昼、カフェテリアで説教！』らしいですよ……まったくもう」

昨日、わたしと静さんは緑さんを呼び付けてそのまま舞浜さんを残してお店を後にした。そんなわけで今朝、緑さんからお叱りの電話が到着。でも、声のトーンは明るかったので、緑さんも悪い気はしてないみたいだけど。

「舞浜さん、お店を出た後にダイレクトに男らしく緑さんに言ったらしいですよ。『好きです！』って。いい年の人がそんな直球を投げて来るから、いつもは男の人を軽くあしらってる緑さんも逆に黙り込んで顔真っ赤状態だったみたいですし。しかも言ったのが渋谷駅の前。人だかりの中で叫ぶようにして言ったから、それが結構効いたみたいです、なんだかんだ言って緑さんも舞浜さんともう一回話がしたかったらしくて——なんか舞浜さんの天体観測とか星座とかの話、面白かったから、って。緑さん、名字が『星』ですしね」

まあ、駅で『好きです』は、少しはビールの力を借りた部分もあるとは思うけど。

「なるほど、脱皮をしたわけですか。そいつは結構——しかし、彼女がお店に行ってくれるのが一番手っ取り早かったのですがね。何しろ彼は毎日居たのだから」

まったくその通り。

「でも、『たまたま入ったお店で、しかも三軒目で結構気分良くなってたから、お店に行きたくても場所も名前もハッキリ覚えていなかったんだよ』——らしいですよ」

だけど、お店の場所も分からないくらいに飲んでるのに、十八杯も飲んじゃうのはさすがというか凄いというか——まあ、今に始まった話じゃないけど。

緑さんと舞浜さんが上手く行くかは分からないけれど——

とりあえず今日は舞浜さんも遅刻はしなかったらしい。

さっき直接話をして来たのだけれど、なんだか随分気力がみなぎっていたのだ。昨日の夜に渋谷駅で脱皮をした——まさにそんな感じ。

それで、このまま遅刻が無くなれば、一応グルメ課の活動としては万事ＯＫ——でも、昨日お店であれだけ騙されたわたしとしてはめでたくないし、聞かなきゃいけない事もある。昨日は脱力のあまり聞けなかったあれこれを聞いておこう。

まずは最大の謎。

「それで静さん、どうして緑さんまで辿り着いていたんですか？　しかも答えが分かってててわたしを騙すみたいにして——ちゃんと教えて下さいよ。わたしと緑さんが知り合いだっていうのは知ってたんですよね」

静さんは当然その通り、と表情一つ変えずに頷いた。「——もっとも、舞浜さんの探していた人がひなのくんの先輩だった、というのは偶然ですが、昨日お店に行く段階では全て把握していましたよ。彼が一体誰を探しているのかも、その探し人がキミの知り合いであることも」

「むー、じゃあ説明お願いします。緑さんがお目当ての人だ、って辿り着くまでの旅の軌跡を」

「そうですね……まず、僕が最初にあのビアバーに行った時も、彼はレシートを読み上げて隣の人にあのクイズの話をしていました。そこで〝その順番でビールを飲む女性を探している〟という事と、ビールの並びから〝その順番で世界巡りをした〟という事は分かりました。ですが、逆に言うと分かったのはそれだけ。探すべき相手がどこの誰かは勿論分からない——ただ、この並びには一つ違和感を感じる部分があったわけです」

「ん、なんですか？」

「イスラエルですよ。近隣のアラブ諸国の中には、国同士の緊張関係から、パスポートにイスラエルへの入国記録があると、入国を拒否する国がいくつかあります」

ふーむ、なるほど。世界にはそういうルールもあるのか。

「そんなイスラエルへの入出国は通常どうするか？　隣国のヨルダンやエジプトから陸路で行うのが常套《じょうとう》手段の経路。しかしビールの飲み順からすると、その二つの国のどちらにも足を運んでいません。陸路を使わないとしたら、イスラエルへはどう行くか。それは彼女が辿った経路を見れば答えが分かります」

わたしは手元の紙に記した緑さんの軌跡に目をやる。

並び順からすると、トルコ↓イスラエル↓インド。

トルコとイスラエルは地中海を挟んで対岸だから、移動手段は――

「――飛行機ですかね」

その通り、と静さんは頷いた。

「この区間は直行便があります。ただ、普通の観光旅行でイスラエルを回るとしたら、陸路を使いつつエジプトかヨルダンから訪れるのが定石。エジプトはピラミッド、ヨルダンはペトラと、どちらも超S級の観光地がありますからね。もちろんおいしいビールもです。だが、キミの先輩緑くんはそのルートを通らなかった。つまり、世界各地を回る旅程の中で、かなり意識的にイスラエルに行った事になります」

「意識的――」というと。

「そう。仮に観光目的なら、イスラエルに行ってエジプトやヨルダンに寄らなかったというのは解せません。何しろイスラエルへの入出国はとんでもなく面倒な上に、さきに言った問題もあります」

「さっきの『下手をしたら他のアラブ諸国に行けなくなるかも』っていう話ですね」

静さんは頷いた。「そのリスクを負ってでもイスラエルに足を運んだ。わざわざ空路を使って。これは一般的な観光とは異なる行動パターン。だとすると仕事でしょう、そう考えてみると少し絞《しぼ》られて来ました。仕事でこれだけグローバルに各地を回る事が考えられるのは、旅行代理店か商社。航空会社も世界を股に掛けますが、ベースは日本からの便がある場所でしょう。今回のルートは世界をぐるりと一周だからグローバル過ぎる。では旅行代理店は？　観光地巡りの研修やアテンドだとしたら外している所が多過ぎます。さっきのエジプトが良い例です。オーストラリアや著名なリゾート地に行っていないのも手痛い。となると――」

「残るは商社、ですか」

「そう、というわけで商社、それも世界中に拠点を持つ総合商社に焦点を当ててみると、色々な事が納得出来ました。商社の代表的な海外拠点巡りということなら、今回のルートを通ってもおかしくない。三ツ星商事もイスラエルに拠点を構えているしね。というわけで、そこまで辿り着けばあとは単純な力技です。骨は折れるし時間もかかりますが、総合商社各社の情報をリサーチすれば良い――のですが、ただ、今回は極めて運が良かった。アッサリ答えが分かりましたよ」

「どういう事です？」

「ヒントがキミから降って来たというわけです、ひなのくん。各国を回った先輩の話というのをしていたでしょう？」

「そう言えば……したかも」

「贅沢な研修ですが、商社の拠点巡りなら、さもありなん。三ツ星商事では各部署で研修を兼ねての海外出張を行っていますが、そのルートを人事部の教育課に確認したのです。今回の件は人事部が渡航手続きを取り仕切っているのでね。そうしたら丁度同じルートのものがあり、余計な手間もかからずに第二食品流通部に辿り着きました。そこから先は流に色々情報収集をして貰ったというわけです――部署にいる女子社員たちから聞き出してね。研修に参加した女性の中で十八杯のビールを一人で飲める人など彼女以外いません。だから、星緑さんでビンゴだと思った、という事です」

うーむ、上手い具合に静さんと流さんで情報収集を分担しているみたい。

「というわけで、今回は助かりましたよ、ひなのくん。ありがとうございます」

そう言って静さんは優しく笑ってみせた。

「むー、とりあえずお役に立てて良かったですけど……でも、わたしが緑さんの話を出さなかったらどうするつもりだったんですか？」

「さっきも言った通りの、面倒な力業です。商社というのは他業界に比べて横、つまり他社との連携が多いですからね。僕も上層にいた頃、他の総合商社の人たちと色々仕事をしました。その時の繋がりは今もあります。リサーチに協力して貰えば、時間はかかるにしても答えに辿り着くはず、そう踏んでいました」

「なるほど——っていうか、静さんって昔三ツ星商事の社員さんだったんですね」

でも、一体どうして会社を辞めたのだろう——そんな疑問が頭をよぎる。

わたしの頭の中を覗いたみたいに、静さんはそれに答えた。

「——まあ、僕も昔は結構やんちゃをしていましてね。自分の仕事を有利に運ぶ為に、社の内外を問わず色々な所に無断で入って機密情報やら機密物品を失敬していました。完全に要注意人物としてマークされていた最中、参画していたビッグプロジェクトで巨額の損害を出し、責任を取る形で辞表を提出。会社は体《てい》よく厄介者を追放、僕は会社からつまみ出された——という事です」

む……意外に重い話が返って来た。

「しかし、その後小西課長からお声がかかってこのグループリソースメンテナンス課の仕事についています。企画営業として上層階にいた頃は事務部門などルーチンワークだらけだろうと莫迦《ばか》にしていましたが——工夫次第で色々出来る。ここも悪くはありません。直接的に会社にお金を運んではいませんが、そうではない別の価値もある、その事を知る事が出来ますからね。立場が変われば考え方も変わるものです」

そうではない別の価値――

例えば、ファッションアパレル部の松江奈央さんの笑顔の事とか。あるいは今回の舞浜亮二さんの脱皮の事とか。そういう事を言っているんだろう。

それにしても、責任、それから辞表――

なんとなく空気が沈んだ感じがしたので、わたしは茶化すように言った。

「でも、あらかじめ緑さんのことを教えてくれてても良かったんじゃないですか？もう、人間不信です」

「それについては謝りますよ。しかし、敵を騙すにはまず味方から、と言うでしょう？」

む、確かに思いっきり騙されてしまった。

でも――わたしは思う。

敵を騙すならまず味方から。

そう――グルメ課からすると、わたしは味方、課の仲間なのだ。

「と、いうわけで、今回の問題は、僕たちみんなで『料理』した――そういうわけです。初仕事、お疲れさま、ひなのくん」

静さんはわたしの頭に手を乗せて、ポンポンとした。

「いや、ハハハ……どういたしまして」

突然そんなことをされてわたしは少し動揺してしまった。その優しい手が、少しだけ嬉《うれ》しい。自分がちょっとでも役に立ったと認められたような気がした。

勿論わたしは褒められるような事なんてしていない。

それどころか、スパイなのだから。今こうして味方と言われて、そして褒められて、急に後ろめたさが生まれて来てしまった。

問題を抱えている人をゲストにして、食事会を開く課、グルメ課――

彼らの活動が浪費なのかどうか、わたしの中で結論はまだ出ていない。けれど、少なくとも久保田経理部長が言うような、ただたんに食べて飲んでの活動ではない。会社の売上に貢献するような活動を心がけている――そうは思う。

思うのだけど――ただ、何かが引っかかる。

それがなんなのかは、よく分からない。

世界を巡るビールの謎には答えが出たけれど……

わたしの頭の中を巡る違和感には答えが出なかった。

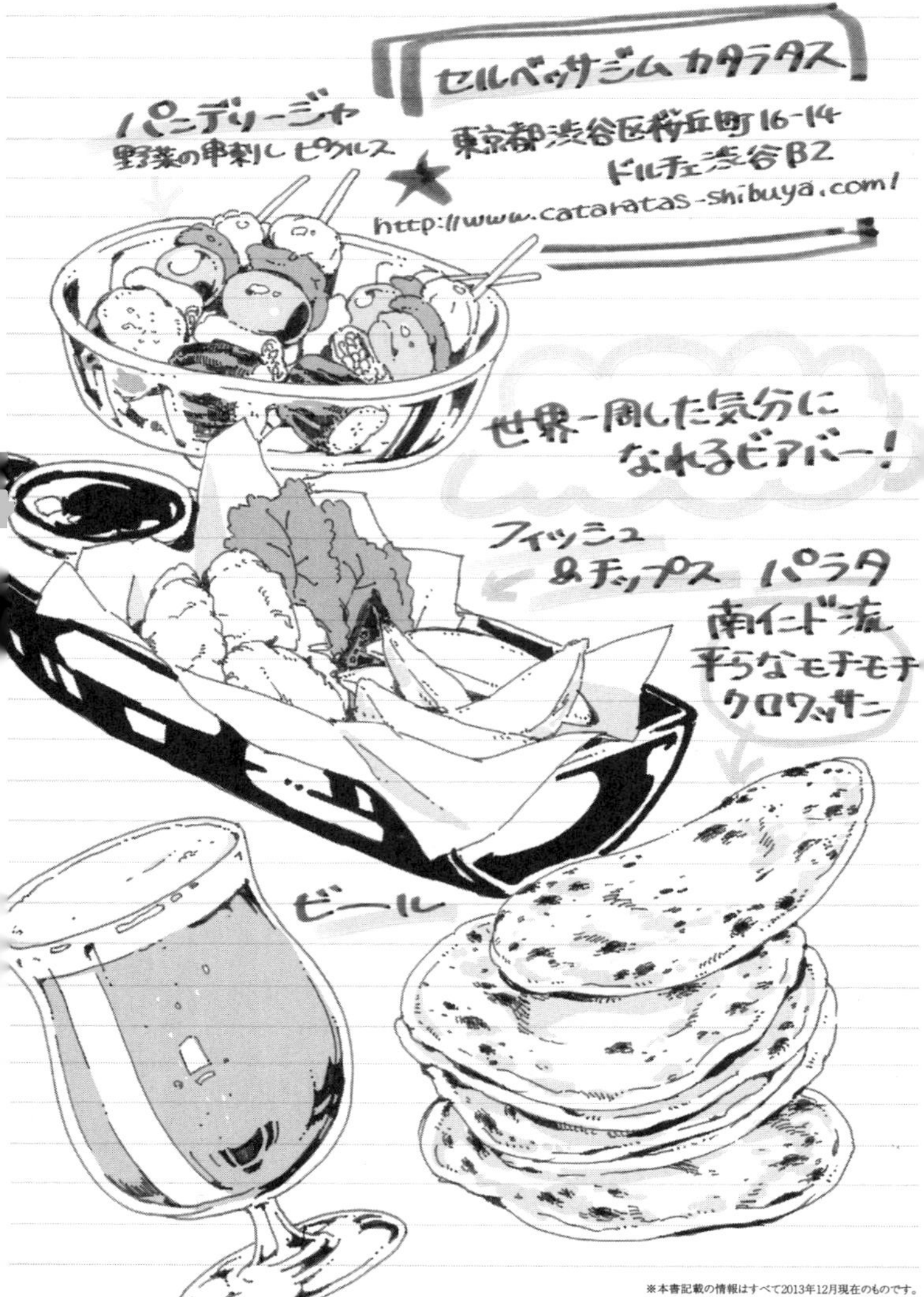

※本書記載の情報はすべて2013年12月現在のものです。
※本書記載の情報は変更になる場合があります。

3章 ★★★

ナポリタン×味醂＝
コスメ戦略

「山崎、お前完全に餌付けされているだろう」

八階、経理部のフロアに来るのは一週間ぶり。久保田経理部長はわたしにぴしゃりと言い放った。

定期報告の為にここにやって来て、報告したのは相変わらずの『経過観察』。

餌付けされていると疑いを掛けられても仕方ない。

「まったく話にならんぞ。一体何に手間取っているんだ」

「いや……単純に浪費現場の証拠が揃わなくて……」

「言い訳はもう良い。早く奴らの首根っこを掴んで来い」

ああ……部長の目が鋭く光っている。

わたしは目を逸らし、ついでに話も逸らした。

「ところで部長……もし仮に首根っこを掴んだら、その後はどうなるんですかね」

「決まっているだろう、予定を早めて諮問会議を開催し、奴らを事務総長の前で吊《つ》るし上げる。そして廃課だ。こいつらが毎度毎度レストランで会議をする理由などあるわけが無い。証拠を押さえれば自動的にゲームオーバーだ」

「ですよね……」と言いながら、ハッ——と思った。

そうだ。わたしの心にモヤモヤと引っかかっていたのはその事かも。

確かにわざわざ料理をオーダーしなくても話は済む——ような気が。でも、料理が無かったらどうなるんだろう。っていうか、そもそもなんでグルメ課は食事会なんて開くんだろう。

最初は煙に巻く上司の話をする為に燻製屋さんに行って。

次はビールの飲み順を披露する為にビアバーに行って。

むむぅ……それだけを考えると、確かにお店に行かなくても話は出来るかも。

「とにかく」久保田経理部長は言った。「これ以上締まりの無い報告はするなよ、山崎」

グルメ課の部屋に到着するなり、わたしはコニーさんに聞いてみた。

「どうしてわざわざお店に行くのか、それを教えて下さい、コニーさん」

ソファでクッキーを食べてるコニーさんは、少しビックリした顔でわたしを見た。

「ど、どうしたのひなちゃん、いきなり……」

「どうしたもこうしたもありません。今までお店に行って色々食べて飲んで解決して来ましたけど、どうしてそんな事をするのか知りたいんです。極端な話、お店に行かなくても良いんじゃないですか？」

今までグルメ課の活動を見て来て、〝ただ単に経費で食事がしたいから〟という理由でお店に足を運んでいるわけじゃない事は分かるけど、だとしたらなんでわざわざお店を舞台に料理をするのか。

彼らを擁護するにしても、彼らに引導を渡すにしても、わたし自身納得した形で久保田経理部長に報告をしないと。

だから、そこはどうしてもハッキリさせておかないといけないのだ。

「うーん、そうだねぇ……どう？　静くん」

「決まっているでしょう。まず、僕たちの飲食費が浮きます。僕たちが経費として使用する額は月に平均十万円。つまり、ゲストを含めた四人で割ると、一人当たり二万五千円。はっきり言ってこれはおいしい」

「もうぅ、冗談言ってないで真剣に答えて下さい」

「いいや、僕は嫌いな食べ物は無いですが、冗談だけはどうしても好きになる事が出来ない――何しろ眉間に皺《しわ》を寄せながら生まれて来たような男ですから」

む……静さんがメガネのブリッジを上げて真剣な顔をしている――っていうかいつ

もの顔をしている。

でも——ひょっとしたら、本気の本音なのかも。わたしが妙に変に買いかぶっているだけで、実際は今のがグルメ課の本心だったり——

「じゃあ流くんは？」コニーさんは、今度は流さんに話を振った。

「それは決まってるよ。おいしい食事を囲んだ方が、断然お近づきになりやすい！」

やばい、流さんのこれは絶対本音だろう。

「むぅ……それはそうかも知れませんけど……食事を囲む前に女の子とお近づきになってるじゃないですか、流さんは」

「でもでも、もっともっと近づく為にはおいしい食事って最高の武器でしょ？　ほら、例えばデートで夜景の綺麗な高層階のレストラン行ったりしたら気分も上がるし、ねえ」

うーむ、かなり雲行きが怪しい。

で、この課のボス、コニーさんは……

「それから、食事で釣ってミッションをこなせるし。というわけで、一つミッションがあるんだけど——」

コニーさんの言葉に「なになに？」と身を乗り出している流さん。

まずい、完全に話が逸れてしまうムードだ。食い止めないと。

「待って下さい。ミッションの前に、お店に行く理由です。会社のお金を使ってるんですから、もっとちゃんとした説明が必要ですよ。そうじゃないと——」

「そうじゃないと？」

みんなが一斉に視線をこちらに向けた。

う、言えない。

——そうじゃないと、廃課は確実——

でも、そんな事を言ったら、わたしがスパイだという事がばれてしまう。

「と、とにかく！　筋の通った話が必要なんです。わたしの中の元経理部の魂がそう言ってます」そんなものは無いけど。

でもなぁ、と腕を組んで首をかしげている流さん。静さんも難しい顔をしている。

コニーさんが「そうだ」と何かを思い付いたような顔をした。

「せっかくだから食事しながらミッションの話しようか。僕たちの原点のお店でさ」

そしてわたしたちが辿り着いた先は東京都千代田区《ちよだく》神保町《じんぼうちょう》。古本屋が軒を並べ、数多《あまた》の出版社が社屋を構える本の街。本のフェスティバルが毎年行われ、古本街としては世界最大規模。と、同時に沢山の大学や専門学校が存在する、学問の街。

　三ツ星商事本社がある青山からは半蔵門《はんぞうもん》線で四駅。会社からの所要時間は三十分と、ちょっと離れた場所なのだ。

「ここ、ここ。おー、お昼時が終わったけど、まだ人が多いね」

　コニーさんの後に続いてみると、神保町駅を出てすぐ、小さな路地沿いにその店はあった。いかにも昔の喫茶店な雰囲気で、レトロな木造のドアの向こうにクラシックな店内の様子がうかがえる。魔法の使えなくなった魔法使いの少女が住み込みで働いていそうな感じ。調理場は屋根裏、とかでも納得してしまうかも。建物の前に飾られている観葉植物が、穏やかな空気と時間を演出している。

　お店の名前は——

「『さぼうる2』……って、1もあるんですか？」

「隣にね」コニーさんが指さす。

　見ると、確かに隣にもう一軒お店がある。同じくレトロな外観。

「1は飲み物メイン。でも今日は食事だから二号店の『さぼうる2』。さて行こうか」

　入ってみると、お店は外観通りに昭和レトロな喫茶店。赤電話が違和感無く溶け込んでいる。だけど、グルメ課が連れて来るくらいだから、それだけじゃないはず。メニューは、ナポリタン、エビピラフ、ビーフカレー、ハンバーグ、コーヒー――

　昔からのスタンダードな喫茶店といった感じ。

「さて、ここはナポリタンが有名なお店なんだよ。みんなはどうする？」

「それそれ、ここに来たら当然ナポリタンで」流さんが言う。

「この状況では当然でしょう。ナポリタン一択《いったく》です」

「じゃあ、わたしもナポリタンいきます……」

　っていうかそこまで言われたら別のを頼み辛い。

　というわけでナポリタンを四つオーダー。一つは大盛り。

　それにしても、とわたしは店内を見渡す。「良い感じにレトロですね」

　店内にいるお客さんはサラリーマンとＯＬが多いけれど、チラホラと学生の姿が見受けられる。色んな人を受け入れられるお店みたいだ。

「そう、ここはスタンダードなレトロ喫茶、でも僕たちには特別なお店なんだよ」

　なんとなく思わせぶりな発言。僕たちというのはグルメ課のみんなの事だろうか。

　聞いてみると、コニーさんは「ふふん」と楽しそうに鼻を鳴らした。

　さて、料理到着。ズドン、とナポリタンが並ぶ。

小さいお皿というわけでもないのに、山盛り——というか。

「むー、これは凄いですね」

思わずお皿を横から眺めてしまった。単なる山盛りではない。山高帽子のような山盛りだ。コニーさんのお皿は大盛り。

おお、鮮やかなケチャップの色が映える、食欲をそそるナポリタン。

「さあ、サクッと食べて仕事の話をしよう」

「そりゃコニーさんにはサクッと食べられる量かも知れませんけど——」

わたしは思わずコニーさんのお腹を見た。樽《たる》を飲み込んだような、見事なお腹を。

おいしそうに食べる三人の様子を見て、わたしのお腹も鳴った。

というわけで。

「いただきまーす……んっ」

口に含むと、ケチャップとバターの香りが広がる。薄く切ったマッシュルームとタマネギ。それから刻まれたベーコン。これは——

「んー♥　ザ・ナポリタン！　ですね」

誰がどう食べても、言い訳が出来ないくらいにナポリタン。

久しぶりに食べたけど、なんだか小さい頃を思い出して楽しくなってきた。

むぅ、スタンダードにとってもおいしい。

向かいに座っているコニーさんも満面の笑みだ。

「確かに、『ザ・ナポリタン』な感じだよね。最近は色んな新しめのナポリタンが世にはあったりして、しかも結構若い人たちも注目してたりするんだけど――」

流さんが「そうそう」とコニーさんの話に乗った。「バリエーションも色々あったりね。ナポリタンフェスみたいなのもあるし」

「生パスタのナポリタン、本格イタリアンのナポリタン、焼きナポリタン。なかなか興味をそそられますよ」と、静さん。

「うん。ま、僕はそんな中でもここのお店の直球真っ向勝負のナポリタンが大好きだね。もう文字通りどストライク。安心するし、ホッとするし、量も良い感じだし、それに――」

コニーさんはそこで言葉を切り、口にナプキンを当てる。

「ケチャップ味のキスマーク♥　なんちゃって」

見事にオレンジのハート型になっているナプキンを、わたしたちに見せつけて来る。

他のお客さんも視線を送って来た。妙に注目を集めている。

「もう、また子供みたいなことして～。超見られてますってば」

「ハハ、ゴメンゴメン——ここは僕が学生の頃から通ってるお気に入りのお店なんだけど、それだけじゃないんだ。僕と京月さんを結びつけた店でもあるんだよね」

「昨日写真で見た、前社長ですよね」

「そう、丁度あの写真の頃——今から二十三年前かな。ひょっとしたら、このお店が無かったら僕と京月さんは知り合わなかったかも知れないし、うちの課は存在していなかったかも知れないんだ。あ、すいません。ウィンナー炒め追加で」

　コニーさんはコップを片手に言った。

「つまり——」静さんもナプキンで口を拭う。「このお店で天地創造的な壮絶なドラマがあったわけです。ちなみにウィンナー炒めは夜メニューですよ。小西課長」

「あー、そうだった。残念——で、なんの話だっけ？」

「ウィンナー……じゃなくて、『初めに光りあれ！』なお店って話だよね」と流さん。

「静さんも流さんも知っているんですか？」

「うん、知ってるよ。言うなれば——『初めにナポリタンあれ！』」

　静さんが続ける。「——そして神はナポリタン、ミートソース、オムライス、ハヤシライス、カレーライス、ピラフを作り、七日目の安息日にコーヒーを啜《すす》った——」

「そこに、僕たちが『料理』で食事をする答えがあるんだ」コニーさんがそう締めた。

「む……大分話を盛って来ますね。何があったんですか？　当時カッコヨかったコニーさんと京月さんの間に」

「あ、ひなちゃん棘《とげ》がある言い方。じゃあ意地悪をしちゃおう。その前にミッションの話ね」コニーさんは少しふてくされて答えを返す。

「え、寸止めですか？　ちゃんと話して下さいよ」

「ダーメ、ミッションミッション――というわけで、これね」

そう言ってコニーさんが鞄から出したのは――口紅。

「お、『月色《つきいろ》』じゃないですか」

「さすがに知ってるみたいだね」

巷《ちまた》で話題になっているこの『月色』は、月替わりでリリースされる、その月の風物詩をテーマにした口紅のシリーズ。海外高級コスメブランドである『ココ』が、日本独自に販売しているものだ。四月は桜、五月はラベンダー、六月はあじさい、七月は蛍、八月はひまわり――そんな具合に一年を通して女性のハレの日の唇を彩るというのがこのシリーズのテーマ。四季折々の色とはいっても、青や緑といった普段使いが出来ないような発色のものじゃなくて、暖色系のラインナップ。

その月使い切りを前提にしているから、口紅のサイズは極小。回数にして五回はもたない。普通の口紅の使用回数が四、五十回だと考えると、かなり量を絞ってある。

「量が超少ないのが良いんですよね。いかにも『いざ！』って時に使う感が出てて。わたしの友達も、普段はリップグロスだけどたまには口紅しようかなって時に『月色』使ってましたし、色を沢山揃えたい人がちょいちょい買ってたりもしましたし」

「あと、『期間限定』と『コレクション欲』ね」

流さんの言葉にわたしは頷いた。

「そう、一ヶ月で店頭から捌《は》けちゃうから、取り敢えず買っとく、みたいな」

元々はブランドの知名度を上げる為のキャンペーンアイテム。二十代後半から三十代がターゲット層で、その年齢層の勝負口紅というポジションだったのだけれど、意外にもティーンや二十代前半にも波及。スモールサイズな事と、一ヶ月の期間限定な事が功を奏したみたい。そんなこんなで、思わぬ所まで購買層が広がって、結構な評判に。

「ひょっとしてひなちゃんも使ってるの？」

「いいえ。そもそもわたし、口紅もリップグロスも使わないんですよ。だって料理食べる時に口紅の味がするのってちょっとアレですし」

「さすがはひなちゃん。色気より食い気」コニーさんが手を叩く。

「グループリソースメンテナンス課の鏡だね」流さんが頷いた。

「実に洗練されたプロ意識を感じます」静さんも感心した声を出している。

「いやー、それほどでも」褒められていないか。「で、この『月色《つきいろ》』が何か？」

「これ、実は商品企画が三ツ星商事なんだよ、知ってた？」

「え、そうなんですか」

コニーさんの話によると、『ココ』ブランドと三ツ星商事が協力して、日本国内向けの商品を作る事になったのが一昨年。そして今年一年間、この『月色』を出し、好評を得ていた——そんな背景があるみたい。その商品企画を実際に担当していたのが、三ツ星商事の生活産業本部にあるコスメティック部だとか。

「でもでも、その企画チームで問題が発生！　ですか？」

「流くんは話が早いね。まあ、まだ問題なのかどうかもわからないんだけど——このシリーズ、とりあえず再来月で一周年。三ヶ月後の四月からは装いも新たに次期シリーズを始める事になっているらしいんだよ。で、僕の知り合いの所にサンプルが回って来てさ」

「そのサンプルの品質が問題、とか」わたしは言ってみた。

「いいや、別にそういうワケじゃないんだ。問題っていうのは、サンプルが出て来るような時期にも関わらず、肝心の新シリーズの告知がまだ出てない事」

「まだ商品が固まってないんですかね」

「それは無いんだよ。というのも、もうすでに工場ラインへの製造発注は行われているんだ。コードネームは『月果《つきか》』。モノはもう出来つつあるから、あとは告知を打ってパッケージングをしてお店に並べる、と続くわけだけど――」

「告知が出ていない、と」わたしは頷いた。「でも、あれじゃないですかね。告知を出さない事であっと驚かせる作戦」

「それは無いでしょうね」言ったのは静さん。「もしそうなら、逆にそれを煽《あお》る広告が出回っていても良さそうなものでしょう」

「『凄いの来るよ!?』って感じで？」流さんが聞いた。

「そうです。いわゆるティーザー広告ですね」静さんが答える。

そうなんだよ、とコニーさんが頷いた。「でも、今回の件については本当にピクリとも言わない。音沙汰無しって感じでなんとも妙というわけ。それで気になって、静くんに調べて貰ったんだ。すると、一つの事実が分かった――」

「それがこれです」

静さんはタブレットPCを取り出し、画面にグラフを表示した。

「このグラフは、過去五年間の、コスメティック部の月ごとのA1用紙使用量です」

「えーと、要するにもの凄く大きな紙をどれだけ使ったかをグラフにしたってわけですね」

その通り、と静さんは頷いた。そう言えばビアバーでA1用紙で地図を描いた時、別の『仕込み』があると言っていたけれど、これの事なんだろう。

まあ、グループリソースメンテナンス課だから、プリンター用紙の消費事情はよく分かっているのだろうけど……一体なんでそんなグラフを作るのだろう。

グラフは、基本的にはゼロで推移しているけれど、一年に一度くらいの間隔で、ピョンと飛び出している月がある。

静さんはグラフを指さしながら説明を始めた。

「――五年前の一月、四年前の二月、三年前の一月、二年前の三月、昨年度の十二月末。これらの月だけ、ずば抜けてA1用紙を多く消費していますが、これらの月にはある共通点があります、それは、『その三ヶ月後に新シリーズをリリースしている』という事ですね。このコスメティック部というのは、新シリーズ立ち上げの際には、広告代理店から送られてきた広告用ポスター案のデータを、自部署で印刷して選評会をするんですよ。壁一面に何十枚も広告を貼《は》り、女子社員を集めて、『どれが良い、どれなら買いたい』と選んで貰うわけです。今年の三末月からリリースされている『月《つき》色《いろ》』ですが、これもやはり同じように選評会をしていまして、それが――ここです」

静さんが指さしたのは昨年度十二月末のグラフの山。

ピョンと飛び出している月の三ヶ月後に、新シリーズの化粧品が出るらしい。

「へえ、そうなんですか――でも、それがどうかしたんですか？」

コニーさんが答える。「今までの傾向からすると、『新シリーズ発売しまーす』って時の三ヶ月前には、Ａ１の紙がじゃんじゃか使われてるよね、って話だよ」

「――だけど、今から二ヶ月ちょっと先の三月末からリリースされるはずの次期製品があるのに、今現在Ａ１用紙の消費の山が来てない、と」流さんが今年度のグラフの十二月末を指した。数値はゼロ。「本来であれば、今からだいたい一ヶ月前、ここに山があるはず、って事ですよね、コニーさん」

「そういう事。サンプルがあるって事は、商品自体は完成品に近いモノが準備出来ている。でも告知用のポスターは多分準備出来ていないんだ」

「ちなみに、コスメティック部の会議室利用状況を調べたところ、やはり頻繁に会議をしていました」

「頻繁に会議をすると何かあるんですか？」

というわたしの問いにコニーさんが答えた。「企業活動で問題が発生したら、人はどうするか。当たり前だけど集まって話し合うんだよ。いつまでに、だれが、何を、どうすべき――そんなあれこれを整理する為にね。つまり会議が頻繁に行われるようになるって事。それって会議室がよく使われるようになるってのとほとんどイコールなんだ」

なるほど、納得した。「だから会議室をよく使ってるって事は、何か問題が起きてる事の裏返しってわけですね」

「そういう事。今月の会議室利用状況は前年度同時期と比べても、前月と比べても、他の新シリーズ化粧品リリースの二ヶ月前と比べても、やっぱり目に見えて多いんだ。なんらかの問題が発生したのかな、って思うんだよ。取り越し苦労なら良いんだけどね」

そう言ってコニーさんはわたしと流さんに視線を送る。

「というわけで、どうなってるのか調べて頂戴、流くん。もちろんひなちゃんを連れてね。あ、そうだひなちゃん。上手く行けば、今回の件で〝うちの課がなんでお店に行って『料理』するのか〟も分かるかもよ？」

「オッケーオッケー、了解です」言うなり、いきなり手を握る流さん。「さあ行こう」

ちょっと、と制する間も無く、流さんはわたしを連れて外へと飛び出した。

　わたしたちはコニーさんと静さんを残し、一路会社へ戻る。

三ツ星商事本社屋、コスメティック部があるのは二十八階――つまり花形の上層階。今回、グルメ課はこの部にある一つのチームを『料理』する。

エレベータを降りた先のフロア辺りを闊歩《かっぽ》する女性たちはなんとなく美人さんが多い。前から向かってくる女性も超美人、さすがはコスメティック部――なんて思っていると、その女性が流さんを見て、隣の上司にバレないように、隠れて小さく手を振った。流さんも涼しい顔で手を振り返している。

　まったく、顔が広いというか、ちょっかい出し過ぎというか――

「……お知り合いですか」

「顔を知ってるくらいだけどね。ちなみにもちろん、『月色《つきいろ》』の企画リーダーとも知り合いだよ」

「お盛んですね、まったく」

「お、それはアレかな。ジェラシー的なやつ？」

「違いますよ。そうやって女の子にちょっかい出して、いつか後ろからブスッとやられなきゃいいですね、って話ですよ」

「なーんだ、ジェラシーしてほしいのに――ま、確かにこれがきっかけで三ツ星商事を追い出されちゃったんだけどね。『ブスッ』てさ」

「え、流さんも昔は三ツ星商事の社員だったんですか？」

「そういう事」

うーむ。どういう事だろう。まさか偉い人の奥さんに手を出しちゃったとか――やっぱりなんとなく聞きづらい。

わたしが眉間に皺を寄せて考え込んでいたせいだろう、流さんはわざと空気を軽くするように、明るい声を出した。

「まあ、なんだかんだ言って今のミッションでも、社員だった頃のコネクションが役に立ってるんだけどさ。ホント、持つべきものは人との繋がりだね」

小声で話しながら、わたしたちはセキュリティゲートを越えてフロアへと進む。どの部屋も整理されていて綺麗――というのは、やっぱり社員さんの美に対する意識が現れてるみたい。

『月色《つきいろ》』の次期製品プロジェクトルームにいるのは、フルメイクの美人さんたち。

なのだけれど、誰もみんな険しい顔をしている。

――やっぱり無理ですよ。このまま出しましょう――

──そんな間抜けな真似、出来るわけないでしょ──

ひときわ険しい声でそう部下をいなしているのは、プロジェクトのリーダーっぽいオーラを放っている女の人。三十歳前後の、切れ長の瞳の美人だ。仕事の出来そうな、凛《りん》とした雰囲気。

と、流さんが颯爽と彼女に手を振って歩いて行った。

「ハロー、怜花《れいか》さん。元気？」

「……流くん──久しぶり」

その元気の無い様は、流さんの気楽さとコントラストを成している。

「最近どう？　怜花さん」流さんは怜花さんという人に一歩近寄る。「『月色』の次期製品も企画リーダー続投でしょ？　次の口紅、どんな感じのコンセプトなの？」

彼女がリーダーみたい。怜花さんは困ったような顔を作った。

「残念だけど、いくら流くんでも教えてあげられない。部外秘なの」

「そっかそっか、残念」流さんはさらに一歩近づいて、怜花さんの耳元に口を近づけた。「──でも、部外秘じゃなくても、教えて貰えないんじゃないかな。だって決まってさえいないんでしょう？　恒例の選評会もやってないみたいだし……何か相談に乗れる事はない？」

怜花さんの顔は少しの間驚きの表情を見せ、そして再び暗く沈んだ。

その様子を見て、突然流さんは怜花さんの肩を抱く。

「ちょ、ちょっと流くん、何を……」

「みんなみんな、リーダー借りて行きますね。少しブレイク！　ね？」

そう言って、怜花さんを強引にプロジェクトルームの外へ連れ出した。


「――助かったよ流くん。みんなに詰め寄られてて、実は一息入れたかったの」

カフェテリアで暖かいコーヒーを口にすると、怜花さんの表情は少し和らいだ。

ヒット企画のリーダーともなると、やっぱり責任とプレッシャーは大きいんだろう。

背もたれに背中を付けて深呼吸をしている。

「いやいや、こっちこそゴメンね。無理矢理連れ出して――でも、もちろん嫌がらせをしたいわけじゃない。聞かせて貰いたいんだ。『月色《つきいろ》』の次期製品に何が起きているのかさ。ひょっとしたら力になれるかも知れないしね」

そう言えば、コスメティック部で何が起きてるのか、わたしたちはほとんど何も知らない。そんな所にグルメ課がいきなり入って解決なんか出来るのだろうか。

――なんて考えている横で、流さんは怜花さんの髪を撫でているし。

まったく、弱ってる女子を慰めるフリして……

怜花さんは少しうつむいて、躊躇いの様子を見せた後、ゆっくりと口を開いた。

「……流くんの言うとおり、問題は次期製品のコンセプトなの」

怜花さんによると、『月色』に続く新シリーズ『月果《つきか》』のテーマは〝月のフルーツ〟。毎月、その月にちなんだフルーツのテイストを盛り込んだ口紅を、〝自分自身をフルーツ仕様に〟というコンセプトでリリース。

前回の『月色』と同様、ターゲットは30前後の女性。オーガニック素材で構成された化粧品で、しっかりとした甘みと香りがあるのだとか。月ごとのフルーツと呼ぶにふさわしい仕上がりみたい。

〝オーガニック〟というキーワードも、子供っぽい〝甘い口紅〟というのも、下手をすればココブランドの持つ大人の高級コスメブランドイメージを崩しかねないけれど、〝オーガニック〟はあくまでもサブ。メインは〝ゴージャスな大人のフルーツ〟。それでブランドイメージとのバランスを保つ——そんな作戦らしい。

「四月はストロベリー、五月はライチ、六月はチェリー——そんなラインナップ」

怜花さんはバッグから『月果』のサンプルを取り、テーブルの上に並べた。

『月色』と同じで、小さなサイズの口紅だ。

「む、おいしそうですね、これは」

「ひなのさん、口紅を見ておいしそうって……」流さんが呆れている。

けれど気にしない。わたしは試しに一つを手に取って、手の甲に塗ってみる。発色はオーガニック化粧品というだけあって、ごく自然。さて、肝心のお味は。

「どれどれ――」今度は唇に塗ってみる。「あはは♥　確かにフルーツ感満載ですね。しかも自然な味わい。これは思わず唇を舐《な》めまくりですよ。問題なしです！」

「ひ、ひなのさん……」流さんが苦笑いだ。

「そう、味にこだわったの。自然な甘さで、しかも毎月違うフルーツを感じられるように、ってね。だからただ甘いだけじゃなくて、ちゃんとその月のフルーツの味と香りがするでしょ。だから、商品のクオリティは全然問題じゃない」

「なら、何が問題なんです？」

「問題は、これ」

怜花さんがテーブルの上に出したカタログに、わたしたちは視線を落とす。

「えーと、美麗《みれい》化粧品、月ごとに新色を発表。『月のフルーツルージュ』――へえ、超被ってますね。しかも敵は国産大手」

「そう。美麗化粧品が『月色《つきいろ》』を真似て、うちの次期商品と同じ路線、〝月のフルーツ〟のテーマで先手を打って来たの」

しかも、モチーフにしているフルーツも、結構バッティングしているらしい。

「四月はストロベリー、五月はライチ、六月はチェリー、七月はブルーベリー、八月はきいちご、九月はマンゴー――」

美麗化粧品と並べると、ストロベリー、チェリーがそのまま被っている。

「まさか、産業スパイ的なアレですかね」

「どうだろう」流さんが軽く返す。「でもまあ、『月色』が受けたから、次期アイデアとして〝月のフルーツ〟っていうのは誰でも考えそうなネタではあるけどさ。スパイをするまでもなく、この製品に辿り着くよ」

甘い口紅やリップグロスは珍しくもないし、月替わりというテーマを受けて、季節感が出るフルーツを軸に据えるというのは、確かに無難過ぎる。

「だけど、ココの告知が出る直前に商品をリリースっていうのは、あざといですね」

「うん、何ヶ月も前に向こうが告知を打っていたら、こちらも手を考えられたけど、ティーザー広告だったからね。何が出てくるのか分からなかった。このタイミングだと工場のラインはもう動いちゃってる。ストップしたら生産済みの商品は破棄せざるを得ないし、かといってこのまま当初の予定通り商品を出したら、二番煎《せん》じ過ぎるし。

美麗化粧品はもう販売を開始してるし」

美麗化粧品はココと同じコンセプトで今月から商品をリリース。さすがにそのまま同じ路線で商品を出すわけには行かない。だけど、もう工場のラインは生産を開始。止めるわけにも行かないし、かといって破棄をするわけにも行かない。

怜花さんは目を伏せた。「――これが普通の化粧品だったら、コンセプトやテーマの差し替えは簡単なんだよ。化粧品って、本質的な所はどこのメーカーもあまり大きく変わらない。だからコンセプトとブランドイメージで購買欲を刺激する。逆に言えば、コンセプトは後付けでもまかり通る。だけど、この〝月のフルーツ〟の場合、それが難しい」

流さんが「だろうね」と納得した。「季節感のあるフルーツの甘み付けがされている分、商品自体が特徴的。コンセプトが品質をあまりに縛っちゃってる」

その通りなの、と怜花さんはしみじみ頷いている。

「他社の商品とコンセプトが似たようなものになることはよくある事だし、それで広告を差し替えることも時々あるよ。でも、今回はその商品に文字通り味があり過ぎ。だからどうしようもなくて。ココの広報担当やうちの販促の人たちには、少し待って貰うようにしてるけど――」

コンセプトを差し替えるとしても、しっかりした軸が欲しい。だけど、良いコンセプトが思い浮かばない——

「よし」流さんが立ち上がった。「ちょっと気分転換。別の所に行ってみようか」

わたしたちが移ったのは、二階にある資料室。

今年の四月からリリースをしていた『月色《つきいろ》』の広告を資料棚から取り出し、わたしたちは閲覧スペースでそれを眺める。

広告のコピーは〝唇が彩る、季節〟。ストレートに、『月色』のコンセプトを訴えている。十二ヶ月、それぞれの告知用写真と広告が準備されていて、商品に合わせてそれも月替わりで世間に出回るのだ。

月ごとの風物詩をモチーフにした、口紅。

確かに、前回の『月色』のテーマはハッキリしていた。

「そう、前回は軸が明確だったから、力があったんだよ」怜花さんが言う。「——季節ごと、毎月特別な事があるよね。お花見、ビーチ、花火、紅葉、雪。そんな四季折々のイベントを、一層特別な日にする。その為の魔法を唇にかける。それが『月色』のテーマだった。だから毎月、その月にふさわしいイベントをモチーフに、そのイベントに映える唇を演出するような配色をしていたの。その月使い切りのサイズもその為。〝その季節だけの思い出を作って貰いたい。その時、その人の唇を彩っているのは、この口紅であって欲しい〟──それが前作『月色《つきいろ》』の根っこにある想い」

誕生日、アニバーサリー、季節のイベント、合コン、パーティ、忙しい恋人との久々のデート──ひと月に特別な日は平均して三回。そう考えて、『月色』は五回未満の量のサイズだった。このサイズが、色々な口紅を試したい女子や、普段はリップグロスを使っている女子たちに受けた。

けど今回、軸となるテーマが大きくブレている──どころか、決まってさえいない。

「ターゲットをズラして差別化、とかどうです？　もっと若い人向けにするとか、逆にオーガニックを売りにしちゃって年齢層をもう少し高めにしちゃうとか」

「それは話として上がったけど、それじゃダメ。ココのイメージから外れちゃう」

「じゃあコンセプトを全部取っちゃって、オーガニックとかフルーツ感とかは無かった事にしちゃうとか」

「それも話として上がったよ。けど──」

流さんが難しい顔をして首を横に振っている。「ダメダメ、インパクトには欠けるよね。というか、インパクトがまったく無くなっちゃう。残るのは意味不明な甘さだけ。せっかく味にこだわっているなら、もったいないでしょ」

「そう――前回、毎月新しい口紅をリリースして、しかもその中に一貫したテーマを持たせて来たの。だから、今回はまた別の方法でワクワクさせるような何かを用意したい。その武器を放棄するのは、この『月果《つきか》』にとっては致命的」

「でもでも」流さんが言う。「今回も前回と同じでブランドの知名度を上げる為のキャンペーンアイテムでしょ？　売れなくてもそれほど痛くはないんじゃない？」

「……話題性とブランドイメージの定着が目的だから、儲からなくても部としてはおとがめは無いんだけどさ――ただ、この口紅はどうしても成功させたいの」

　怜花さんが自分に言い聞かせるように言った。

「――昔、『アマイロ』って口紅があってね、それが大好きだったんだ」

「『アマイロ』？」流さんが言う。「そんなのよく知ってるね。だって――」

「もちろん、わたしが使ってたわけじゃないよ」

「だよねだよね。多分その時、怜花さんは十歳にもなってないでしょ」

「七歳。ハッキリ覚えてる――でも、さすがに女性の年の計算は速いね、流くん」

「んー、怜花さん、イジワルだ」

　流さんは頭を掻いてばつが悪そうに笑った。

『アマイロ』──なんだろう。全然話に付いて行けてない。っていうか、怜花さんが七歳の頃なら、流さんはもっと子供だったはず。なんでそんなのを知ってるんだろう。

わたしの表情を見て取った流さんが説明をする。

「『アマイロ』ってさ、昔爆発的に売れた口紅なんだよね。当時珍しかった甘い口紅、日本じゃほとんど最初くらいなのかな」

多分そうだと思うよ、と怜花さんは頷いた。「──わたしが子供の頃、お母さんの誕生日に家族で出かけたの。丁度夏休みで、お昼から車で。行き先は水族館の予定だったんだけど、突然お父さんが『温泉に行こう』って言い出して。わたしもお母さんも温泉好きだから。でも、喜んだのはわたしだけで、お母さんは『嫌だ』ってなんだか凄い不機嫌になったんだよね。お父さんは『お前だって温泉好きだろ？』って言ってそのまま車を走らせてさ。でもずっとお母さんは『嫌だ！』って言い続けて。お父さんも『良いから行くぞ』って強引な感じで。それでどんどん言い合いがエキサイトして、最後には車を道ばたに停めて言い合いの喧嘩《けんか》。最後にお母さんは『もう帰る！』って叫んで、わたしを連れて帰っちゃった──福岡にあるお母さんの実家までね」

「横浜から福岡……だいぶ帰りましたね」

「まさかわたしもそんな所まで帰るとは思わなかったからお母さんに付いて行ったけ

ど、ビックリしたよ。で、わたしはずっと『お父さんに会いたい』って言ってた。でも会えないまま何日も過ぎて――三日後に、お父さんから手紙と口紅が届いたの。手紙に何が書かれていたのかお母さんは教えてくれなかったけど、口紅を目にして随分機嫌が良くなって。それまでずっと不機嫌だったのが嘘みたいに――その時の口紅が『アマイロ』」

当時、男の人が彼女に『アマイロ』をプレゼントするのが流行していたみたい。あんまり売れたから、かなり入手困難な状況が続いたとか。

でも、怜花さんのお母さんが機嫌を直したのはそれだけが理由じゃないらしい。

「その日の夜、お父さんがお母さんの実家までやって来てね。お母さんを迎えに来て、キスをしたんだ」

怜花さんが後から知った話だと、その喧嘩をした日、怜花父は知り合いの温泉宿にサプライズを用意していたんだとか。丁度結婚十年目で、結婚記念日も近かったので、怜花母を喜ばせようと計画したみたい。でもその時、怜花母は誕生日に綺麗な姿を夫に見せたいと、かなり気合いを入れてドレスアップとメイクをしていた。それなのにそれをぜんぜん見ないで『今日は温泉』って言い出したから、『せっかく化粧を頑張ったのに、褒められもせずに洗い流すなんて！』ってカチンと来た、という話。

『アマイロ』が怜花母の所に送られて来て、それで『わたしが怒ってる理由が分かったんだ』って事が分かって、二人は仲直り。怜花母もせっかくのサプライズを反故《ほご》にした事を謝って、それでハッピーエンド。

「わたしはお父さんが迎えに来てくれて大喜び。お母さんとも仲直りしてくれたし。その時に『あの口紅は魔法の口紅だ』って思ったよ。だって両親を仲直りさせたんだからね」

怜花さんは、後でこっそり怜花母の口紅を付けて、その甘さを知る。『口紅っておいしかったんだ！』――それを知ったことが嬉しくて、母の口紅の味を全部試してみた。けど、おいしかったのはその一本『アマイロ』だけ。当時甘い口紅やリップグロスは、今みたいにありふれたものではなかったらしい。でも、その一本は、今でも心に残っているのだとか。

「その時から、将来化粧品に関わる仕事をしようって思うようになったの。口紅で誰かを幸せにしたいって考えてる。だけど――今回はわたしがちょっと安直過ぎたよ。今年『月色《つきいろ》』で上手く行ったからって、『月果《つきか》』も行けるだろう、だなんて勝手に思い込んじゃって――失敗だね」

怜花さんは肩を落として溜息をついた。

「ねえねえ怜花さん」そう声をかける流さんの顔は、いつものチャラッとした顔じゃなかった。「──『月果』のプロジェクトが失敗しても、部としてはおとがめ無し。でも、怜花さん、いや、怜花さんはどうなるの？」

「それは……」

「ひょっとしたら、怜花さんに大きなペナルティが科せられてるんじゃない？」

怜花さんが、固まっていた。

「へえ──やっぱそうなんだ」

「……流くん……どうして分かったの？」

「だってさ、さっきのプロジェクトチーム、結構人数いたよね。それだけバッチリ予算使って、結構大々的に展開して──それで『部としてはおとがめ無し』って、ちょっと変だよ。だからコスメティック部はもう誰かにペナルティを与えることを確約してるんじゃないかな、そう思ったんだ。だとすると適任者はプロジェクトリーダーの怜花さんしかいない」

怜花さんは、フッと一回鼻で笑って見せて、それから「やっぱ鋭いね」と呟いた。

「……流くんの言うとおりだよ。これが失敗したら、わたしは化粧品のラインから外れるんだ。今年の成功に便乗して自分の趣味がバッチリ詰まった『月果』を通したからね。権限をごっそり貰う代わりに、失敗したら左遷。そういう約束。まあ、わたしって上に逆らって企画を通して成功させて来たでしょ？　だから、部長たちからはあんまり好かれてなくて、失敗させて切るのが一番手っ取り早いってわけなんだよね」

「そうだったんだ――」流さんが呟いた。「でもでも怜花さん、率直な感想を言わせて貰うと、『月色《つきいろ》』の後にこの『月果《つきか》』を出しても、全然弱いよ。『月色』の時はコンパクトサイズとか月のテーマで毎月リリースとか目新しいものがあったけどさ」

「……分かってる。分かってて、でもやりたかった。ずっとこんなフルーツみたいな口紅を作りたいって思ってたから。それこそ、子供の頃からね」

失敗したら、もう二度と口紅は作れない。

でも、その失敗もほぼ確実。んー、どうにかしたいところ。

でも――どうにか出来るんだろうか、これは。

「……フルーツみたいな口紅、か――」

流さんは何かを思い付いたような顔をした。「怜花さん、今夜少し飲みに行こう」

「えっ？」と声を出したのはわたし。

小声で流さんに言った。

「……ちょっと流さん、なんでこのタイミングなんです？　もう怜花さんも時間無いんですから。しかも飲みに行ったらお仕事できないでしょう？　大ピンチなんですよ？」

「……だから誘ってるんだよ」流さんもわたしに小声で返す。

怜花さんはというと……首を横に振った。

「良いね――って言いたいところだけど、でも無理。そんな余裕は無いの。それに、こんな事言いたくないけど、わたしたち、下の人たちみたいに余裕がある仕事はしてない――流くんだって分かってるでしょう？　昔は上にいたんだから」

刺々しい言い方――だけど、確かに上に居を構える企画営業さんは、少なくとも下の事務部門よりも忙しい。

流さんも前は上層階にいたなら、よく分かっているはず。無理には誘えない――でも、怜花さんの言葉に、流さんは笑って返した。

「大丈夫大丈夫。食事でもして気分をリフレッシュさせれば、きっと良いアイデアが浮かぶよ。それに、忙しい時ほど頭休めが必要でしょ？」

「流くん――」

「時間は取らせないからさ」流さんはウインクをしてみせた。「良いお店を知ってるんだよね」

「美麗化粧品とコンセプトがバッティング――それは困ったねえ」

資料室で怜花さんと別れてそのままグルメ課の部屋に戻ったわたしたちは、コスメティック部の状況をコニーさんに報告した。

コニーさんは自分の席の椅子にもたれて、顎をこすって唸っている。

わたしの向かいのソファで本を読んでいる静さんは、相変わらずの平然顔。

「〝月のフルーツ〟路線はライバルと被るからダメ、〝オーガニック〟はブランドイメージと合わないからダメ。工場はもうモノを作ってるからリリースしないとダメ。テーマが無いとダメ、年齢層を上げてもダメ、下げてもダメ――これだけNGだらけだと話になりませんね。一番マシなのはそのまま出す事でしょう。下手に今からコンセプトをねじ曲げても良い事はありません。ハマらないテーマではどっちみちアウト。売れなくても良いなら、他と被ってもブランドイメージを崩さないようにするべきです。クオリティに自信があるならなおさら」

うーむ。そう言われると、その通りのような気がする。

だけど、売れなくても良いというのだけは違う。売れないと、怜花さんがもう口紅に関わる事が出来なくなってしまうのだから。

静さんが、ふと思い出したように言った。「――しかし、まさか『アマイロ』が出てくるとは、因縁を感じずにはいられませんね」

「確かにね。なんの冗談かと思うよ」見れば、コニーさんも頷いている。

「それなんですけど、どういう事ですか？　流さんも『アマイロ』を知ってたみたいだし」

「『アマイロ』って言うのはね――そうだ。ちょっと待ってて、ひなちゃん」

コニーさんは奥の部屋に入り、暫くして何かの冊子を手に戻って来た。

「あったあった、これだよ」

そう言ってコニーさんが広げたのは、社内報。今から二十年以上前のもので、記されているのは『アマイロ』の生みの親の人の記事。

写真に写っているのは――

「あれ、これって京月さんじゃないですか？」

そういうこと、と流さんが頷いた。「『アマイロ』って京月さんがコンセプト作りから担当していたんだよ。だから、少なからずこの課と関わりがあるって事」

「ホントに、引退してもなお絡みついて来るなんて――いやはや参った参った。で、どうするつもり？　流くん」

「ま、とりあえず」流さんは一枚の書類をコニーさんに渡す。会議費利用の申請書だ。

「今夜、そこに行ってきます」

「はいはい、『料理』ね――お、良いね。ここなら何かインスピレーションが湧きそうな感じがする、うん」

静さんがコニーさんから書類を受け取り、目を通した。「――確かに、これほどコンセプチュアルな店もそうそう無いですね」

「あのー、そのお店ってどんなお店なんですか？」

「日本酒専門店です。ただ――」静さんが言う。「この店に普通の日本酒は一切置いていません」

「普通の日本酒が置いてない日本酒専門店……ですか」

って、まったく分からないいんですけど。

「極めて特徴がある店――というか、特徴の塊」静さんが睨みを利かせる。「――なるほど、なんとなく分かって来ました」

「じゃあ、今日のところは流くんに任せちゃおうっと」コニーさんが言う。

普通の日本酒が置いてない日本酒専門店――どんなメニューが出て来るんだろう。

そして――それを使ってどんな風に話を進めて行くのか――

解決するのか、しないのか――色んな事が頭の中を駆け巡った。

でも、それが浪費になるのか、ならないのか——そんな疑問は、まったく思い浮かんで来なかった。

それこそが、わたしがこうしてこの課に籍を置いている理由なのに。

だけど——お店に行く意味があるのか、無いのか。それだけは見極めないと。

*

怜花さんとの待ち合わせの場所は品川《しながわ》。

ホテル、ホテル、ホテル、ホテル——ここ品川は、高級シティホテルが立ち並ぶアーバンな場所。元々、東海道五十三次でも宿場町として有名だった事を考えると、これだけホテルが多くあるのは、ある意味必然——と言いたいところなんだけれど、宿場町としての品川は、もっと南。品川の南にある北品川のさらに南が、かつての宿場町品川らしい。そんなわけで南にあるのに北品川。なんともややこしい話。ちなみに言うと品川駅は品川と名乗りながらも所在地は港区であって品川区にあらずみたい。

いくつもの罠を張ったフェイクシティ——それが品川。

ビジネスビルが乱立し、高級住宅街に隣接しているこの地では、アダルトな恋人たちが都会の夜景をバックにグラスを重ね、恋のかけひきを楽しむ――というイメージ。

わたしたちはＪＲ品川駅西口の前で怜花さんの到着を待っていた。時刻は午後九時、人々が夕食を終える頃――でも、多忙なビジネスマンはまだお仕事中。むしろここからが本番、なんて人も多いかも。

そして、この課のお仕事も、これからが本番。

流さんとわたしが駅に到着して二十分後、怜花さんはやって来た。

「お待たせ」

午後九時十五分。この遅い時間でも、バッチリとしたメイク。崩れを見せないのは、さすが化粧品に関わる仕事をしているだけある、なんて感心してしまった。

怜花さんは来るなり念を押すように言う。

「流くん、さっきも言ったけど、あんまり時間は取れないよ」

「大丈夫、時間は取らせないからさ。それに、これから行くお店はきっと何かアイデアをくれるよ――たぶんね」

お店の名前は『酒茶論《しゆさろん》』。

品川駅から歩いて五分。ショッピングプラザの敷地内にあるそのお店は、佇《たたず》まいからして異彩を放っていた。平たい円柱型の建物で、どこか近未来を思わせる感じ。昔のアートなSF映画に出て来るような、不思議な雰囲気のお店だ。

ドアを開けて中に入ると、店内も外観と同じくオシャレな感じ。お店の奥にあるカウンターの後ろ側には、お酒の瓶がオブジェのように綺麗に並べられている。そんなカウンターのさらに向こう側に見える青いネオンも、良い感じの借景。

日本酒のお店だと言うから居酒屋さんのような場所かと思いきや、まるっきりシックなバー。

「いらっしゃいませ」

ドアを開けて入ると、店内の壁にあるのは、標本のように並べられている瓶たち。ボトルの下にはそれが作られたと思《おぼ》しい年代プレートがある。年代順に並ぶボトルの中には液体が入っていて、年をさかのぼるほどに色が褐色味を帯びていた。

わたしはその年代プレートを読み上げた。

「１９７０年、１９７１年……それぞれの年に作られたお酒ですかね」

「そうそう。ここは日本酒のバーなんだよね。だけど、置いてあるのはビンテージの日本酒オンリー。日本酒の古酒専門店！」

だから『普通の日本酒が置いてない日本酒専門店』と静さんは言っていたんだ。

未来を感じさせるお店で、過去のお酒を飲む――なんだか面白そう。

「へえ、ここってそういうお店だったんだ」と、怜花さんが頷いた。「このショッピングプラザには時々来るけど、このお店の中に入るのは初めてだよ。ちょっと気になってたんだよね、不思議な雰囲気だし」

確かに外観も内装もミステリアス。しかも置いてあるのは未知のビンテージ日本酒。

いや、それを言うならワインのビンテージも飲んだことないか。

む、ひょっとして今日が人生初のビンテージ体験になりそうだ。

「このお店にはビンテージの日本酒以外にも、平安時代のレシピで作った日本酒とか、江戸時代のレシピのお酒とか、復刻版のお酒が色々飲めたりもするんだよね」

「へえ！　面白いですね」

平安時代のお酒――どんな味がするんだろう。興味アリアリだ。

この前のチョコレートビールもおいしかったし、アルコールにも目覚めちゃいそう。

でも、そうなったら朝目覚めなさそう。

いやいや、そんな事を考えてる場合じゃない。こうしてる間にも怜花さんの時間は刻一刻と無くなっているのだから。

「ここには色々キャッチーなものがあるんだ。だけど、今日試して貰いたいのは――」

流さんは得意げな表情を作って、わたしと怜花さんに視線を送った。

「――デザート。多分今まで味わった事が無いデザートだね」

「むむ」期待に胸が膨らむ。「楽しみですね」

「一体どんなデザートなの？　流くん」

流さんは自信満々に言った。

「味醂《みりん》だよ」

「味醂？」

あまりに意外――を通り越して意味がよく分からない。

「味醂って、調味料の味醂ですか？」

「照り焼きとか肉じゃがとかに使う、あの味醂？」怜花さんが被せる。

要するに、甘みや照りを付ける為に使う、アレ。

「そうそう、その味醂ね」流さんが頷いた。

「味醂味のデザートって事ですか？」

「味醂をアクセント的に使ったデザート？」

「違うんだな。味醂味なわけでも、味醂をアクセントとして使っているわけでも無かったりして」

「じゃあ、なんですか？　それ以外に思い付くものなんて――」

まあ楽しみにしててよ、と流さんは余裕綽々《しゃくしゃく》に笑っていた。

むー、何が出て来るんだろう。気になる――とりあえず到着を待とう。

そして、出て来たのは――

小指ほどの高さの、小さなショットグラス。

グラスの中を満たしているのは、黒い液体。

その上には、ホイップしていないクリームがのせられている。

これが、味醂のデザート？　ということは……

「あのー、まさか……」

「そう、そのまさか」流さんは頷いた。「デザートが味醂そのもの、なんだよ」

「いやだな流さん、味醂って調味料ですよ？　デザートになるわけ無いじゃないですか。それどころかそのまま飲む事なんて無理無理無理」

隣の怜花さんも渋い顔をしている。

流さんは、大丈夫大丈夫、と笑顔を向けるばっかり。

まったく……何が大丈夫大丈夫なんだか。確かに今までに味わった事は無いけど。

でも、飲まないと始まらない。わたしと怜花さんは恐る恐るそれを手にする。

見た目はベトナムコーヒーのように少しトロリとした黒い液体。これが味醂で、その上にはクリーム。一体どんな味がするんだろう――

「じゃあ、いただきます……ん？」

柔らかなアルコールがふわり、と香りを口の中に広げる。

デザート、だった。

色は醤油そのもの。だけど、口に含むとクリームと混ざり合った味醂から、チョコレートとプルーンが混ざり合ったような、濃厚で深い味が生まれる。

「凄い、確かにデザートですよ！」

「面白いね、味醂がおいしいなんて」怜花さんも気に入った様子だ。

「でしょでしょ！　味醂を飲むというのもショッキングだけど、それにクリームなんてワンポイント加えてデザートにして出すっていう発想が良いよね。デザートワインとかデザートビールに倣って言えば、デザート味醂。変化球だけどしっかりとこのお店の定番ラインナップなんだよね」

ちなみにアルコール度数は十パーセント。ワイン並と、結構強いみたい。

「これは嬉しいギャップです！　ねえ、怜花さん」わたしは言う。

怜花さんは何かを考え込むような仕草を見せている。

何かがひらめきそうなのだろうか。

しばらくだんまりを決め込んでいた流さんが、口を開いた。

「でさ、なーんかこの味醂が使えそうな気がしてるんだよね」

「使えそう——って、今回の口紅の問題に、って事ですか？」

「そうそう、んー、なんかここまで出かかってるんだけど——何か良いアイデアがね。変化球なアイデアがさ」

「変化球……」

怜花さんが真剣に考え込んでいる。

「変化球。例えばさ、この味醂はクリームっていうズラしを入れて、味醂をデザートとして売り出してるじゃん？　それと似たような感じで変化球を投げられないかな、って。ねえねえ怜花さん、何か思い浮かばない？」

難しい顔をして考え込んでいる怜花さんの表情——

だけどそれが、フッと少し軽くなった。

「そうか……」

怜花さんは小さく呟く。

「——そうだよ……そうすれば良いのかも」

そう口にすると、怜花さん顔が一気に明るくなった。

「お！　何か思い付いたんですか？」

「聞かせてよ、怜花さん」一流さんが身を乗り出す。

　怜花さんは自信ありげな顔で頷いて、ペンと紙を鞄から取り出した。

「この味醂のデザートと同じ。まずは〝クリームをプラス〟って感じでズラしちゃう、この口紅のテーマを〝月のフルーツ〟から〝月のスイーツ〟にスライド。有名な高級スイーツショップ十二店とのコラボって事にするの。それで、次に売り方。ここはもう根本的な所からバッサリ変更ね」

「そっかそっか！　ひょっとして、デパートの化粧品売り場以外に、その十二店のスイーツショップにも置いて貰うつもりなんじゃない？」

「そう！　パッケージングもセレブスイーツ仕様」

　お、なんだかダイナミックな話。でも、面白そうだ。

「良いね良いね！　食べられるほどにオーガニックで甘みもしっかりしてるし、高級ブランド〝ココ〟の商品だから、高級スイーツショップに置いても違和感無いし！」

「そういう事。塗るスイーツというコンセプトで販売チャネルに乗せるの。〝ココ〟がジャパニーズスイーツをプロデュース」

「怜花さん、それさ、男もターゲットに出来ない？　なんか〝恋人をスイーツに仕立て上げちゃおう！〟なんてテーマで告知を打ってさ。そしたらプレゼント用に手を出しやすいし」

「それわたしも今思った！　それなら客層で美麗化粧品とバッティングしないよ」

そんな風に大盛り上がりの二人に、わたしは思わず一歩引いて言ってしまった。

「いやー……さすがに男の人をターゲットにするのは難しいんじゃないですかね」

二人はわたしに視線を送る。なんだか水を差した感じ。

でも二人はまったく気にしてないみたいだ。

「大丈夫、前例はいくらかあるの。『アマイロ』にしてもユニセックスなターゲットの口紅だった。そういう売り方をする事も可能なはずだよ」

その通り、と流さんが頷いた。「あれもプレゼント用に、ってブレイクしたからね」

「もちろん、高級スイーツショップとの連携とか、販売チャネルの確保とか、色々課題はあるけど――」

怜花さんは『月果《つきか》』を手に取って、それを手の甲に塗る。

「幸い、今回の商品は天然素材のナチュラルオーガニック化粧品。おまけに三ツ星商事には高級スイーツを専門に扱っている小売店系列もあるし」

「ハンプティ&ダンプティ？」流さんが言った。

「その通り」

「ハンプティ&ダンプティって、駅ナカとかデパートとかにあるアレですか？」

イートインが出来る小洒落た高級感溢れるスイーツショップ——そんな所に置いてあったら、思わず手を出しちゃうかも。

「さーて、光が見えて来た気がする！」

今から販売チャネルの確保をするんだから、かなり茨《いばら》の道のような気がする。大変さは相当だろうし、アッサリ頓挫しちゃうかもしれないし。だけど——

怜花さんの顔は、そんな不安なんてちっとも感じさせなかった。

「どこまで出来るか分からないけど、どうせ放っておいてもダメになるだけ。なら、出来る事全力でやった方が良いよね」

そう言って怜花さんは鞄を手に取り、立ち上がる。

「今度ご馳走するよ。今日はありがとう！」

駆け出す怜花さんの顔は、生き生きと輝いていた。

さて、どうなるか楽しみ。

そんな中、お料理が運ばれて来た。牛ホホ肉の古酒煮込みに中華パン、それからビーフシチューのような濃厚なルウのミニカレー。利き酒セットのような三つのグラスも到着。お酒の色はグラデーションになっている。

「あーあ、怜花さん日本酒好きなのにこれ逃してもったいないよね」流さんが言った。

「このお酒って、ひょっとして年を遡ってる感じなんですか?」

「そう、徐々に味わいが変わって行くのがよく分かって面白いんだよ。最初はフルーティな若いワインみたいな日本酒で、次はウイスキーっぽい感じの日本酒、それから最後に紹興酒っぽい感じになってってさ」

味のタイムトラベル。昔のお酒って、どんな味がするんだろう。

うーむ、なんだかワクワクしてきた。料理もお酒に合いそうな感じ♪

「怜花さん帰っちゃったけど……でも、ま、良いか。どうせ――」

流さんは軽い口調でそう言い、わたしに向けてウインクをした。

「多分近いうちに怜花さんから誘われると思うしね――このお店に」

*

「ひなのさん、ひなのさん、これ見てよ!」

品川の『酒茶論』で味醂を飲んだ翌日、流さんは一枚の紙を手にグルメ課のフロアに飛び込んで来た。

「あ、おはようございます流さん。なんですかそれ」

「怜花さんから送られて来たポスター選評会のお知らせだよ、例の口紅のね」

「えーと、どれどれ――」

――来る1月31日、本社ビル28階コスメティック部で次期製品『月菓《つきか》』の広告ポスター選評会を開催します。みなさま奮ってご参加下さい――

そこには、『月菓』のコピーが記されていた。

「〝スイーツ・メイク・アス・ハッピー――ココが贈る大人のご褒美、『月菓』〟。フフ、これはおいしそうですね」

『月果』が『月菓』に差し替わり、フルーツたちもスイーツに差し替わっている。

四月のストロベリーが、ストロベリーのパリブレスト。

五月のライチが、ライチのムース。

六月のチェリーが、チェリー・タルト。

七月のブルーベリーが、ブルーベリー・パイ。

八月のきいちごが、きいちごフール。

九月のマンゴーが、マンゴージュレのブランマンジェ。

むー、心ときめくスイーツたち。どれも試食したい。

まだ本決まりじゃないみたいなので、これから色々壁があるだろうけど、とりあえず方向性が決まって、今は色んな手続きや調整にバタバタしてるらしい。

上手く行った、と言うにはまだ早いけれど——

「今回は流さんのお手柄ですね。インスピレーションを与えるお店に誘って」

「とりあえず着地して良かったよ、ホント」

確かに。でも、アイデアが下りてくるかどうかは完全に怜花さん頼み。そう考えると結構綱渡りのような気がする。

「流さん、もし怜花さんから何もアイデアが出て来なかったらどうしたんですか？」

「そしたら、もう少しアイデアのネタを出したつもり。その必要は無かったけどね」

「じゃあ……ひょっとして流さんも怜花さんと同じアイデア持ってたとか？」

まあ、だいたいね、と流さんは涼しげに言った。

「男女兼用の化粧品、スイーツの口紅、ちょっと変わった販売チャネル——怜花さんから出てきたアイデアと、だいたい同じ感じ」

「へえ、そうなんですか。ちょっと見直しちゃいましたよ、今」

流さんは『鼻高々！』みたいな感じになるかと思ったら、そうでも無かった。

「ま、男女兼用のターゲットとかは、コニーさんのおかげなんだけどね」

ちょっとばつが悪そうに笑っている流さん。

「どういう事ですか？」

んー、どこから話そうかな——そう流さんは少しだけ考え、口を開いた。「……二十三年前、京月さんが『アマイロ』を担当していた、って話があったでしょ？」

「ええ、ありましたね」

「当時さ、京月さんの部下が原材料の発注量を二桁間違えたんだ。あり得ないくらいの大失態。それを知った京月さんの当時の上席は、笑いながら『全部口紅として捌《さば》き切れ』って命令したんだ。返品だって可能だったんだけど、それを許してくれなかった——責任を取れ！　ってね。京月さんを試すつもりだったんだと思うけど、でも試すにしてもハードルが高過ぎ。普通に売ったたって回収出来るわけ無いし、おまけに原材料は余りまくり。でも、それを口紅として売り捌く必要があった、って状況」

上手く乗り切れば合格、ミスをすれば終わり——時はバブルまっただ中だから、会社全体としては京月さんが失敗しても痛くも痒《かゆ》くもない。だけど京月さんからしてみると、全然冗談にならない緊急事態。頭を悩ませる日々が続いたみたい。

「その時、コニーさんは入社してまだ一年目。仕事では京月さんと交わる事も無かったんだけど、偶然二人とも『さぼうる2』の常連だったんだ」

「あのナポリタンを食べたお店ですよね」

「そうそう。で、お互い三ツ星商事の人間と知って話をするようになって、京月さんの口から今自分が抱えてる問題がぽろっと出た――口紅を売れって話だね。それを聞いて、コニーさんがアレをやったんだ」

流さんはハンカチを唇に当てた。

「『ケチャップ味のキスマーク』ですか？」

「うん。まあ、たまたまケチャップだらけになった唇を拭いたらキスマークに見えた、って話らしいけど。でも、コニーさんはふっと思い付いた」

――『ケチャップ味のキスは色気が無いけど、甘い味ならどうでしょうね』――

コニーさんがそこで出したアイデアは『甘い口紅』。しかし、それでも普通のやり方で売っていたらダメ、だから男の人にもプレゼント用として売り付けたらどうか――そう言ったのだった。

京月さんはコニーさんの案を採用、コニーさんは企画担当として抜擢《ばってき》された。そして大ヒット。それが『アマイロ』の誕生話らしい。

「だから、『アマイロ』は京月さんだけじゃなくてコニーさんにとっても思い入れがある品なんだ。『因縁』なんて言ってるけどね——で、それをきっかけに京月さんはコニーさんを贔屓《ひいき》にするようになって、そしてとあるサークルを主催したんだよ」

「サークル、ですか」

「うん。『仕事で行き詰まってる人が居たら誘い出して、おいしい食事でも食べながら解決の糸口をみんなで考えちゃおう』——そんな目的のサークルだね。ま、要するにコニーさんがナポリタンで京月さんにアイデアを与えたみたいにして、色んな人に助け船を出したかったみたい。っていうか、京月さんはコニーさんをそうやってこき使ったんだって。食事代は全額京月さんの支払いでね」

「え、そうなんですか⁉　今のグループリソースメンテナンス課と同じですね」

「そうそう、この課の原点。この頃のサークル活動が、京月さんの社長就任で、長い年月を経て正式な課になったんだ。コニーさんを頭に据えてさ」

だから『さぼうる2』が課の始まり、という事みたい。グループリソースメンテナンス課の天地創造は、あのお店のナポリタンから始まった——

「それで、あの時お店で『初めにナポリタンあれ！』なんて言ってたんですね」

「そういう事」

ひょっとしてコニーさんが太ったのって、そのサークルで京月さんにこき使われたからなんじゃ……まあ、それは深くは追求しないようにしよう。

「だけど」わたしは言う「今回の食事は良かったですね。良い演出っていうか」

「そうそう、『演出』。そこが僕たちグループリソースメンテナンス課が、外に食事に行く理由なんだ。お店の料理で魅せて『料理』するってわけ」

「ええッ！　そうなんですか!?」

料理で魅せる為に会社の経費で食事をする——良いと思うけど、でも久保田部長が聞いたら『演出の為に浪費だと!?』とか悲鳴を上げるかも。

絶対、部長には言えないんですけど。

「ハハハ、冗談冗談——でもないかな。演出って確かに重要だしね。何かを伝えるのに、何かを届けるのに、そこにプラスアルファの何かを加える。その気持ちって重要——特に、三ツ星商事は商社だからね」

「どういう事です？」

「商社ってさ、基本的にメーカーと違ってモノを作らないでしょ？　食品メーカーなら食品を作るし、家具メーカーなら家具を作る。商社がやるのは、そうやって誰かが作ったモノを別の誰かに売ること——だから、商社の人間には拠り所が無いんだ」

「まあ、そうでしょうけど——」

「だから、商社には常に『自分たちの価値って何？』って問いが付きまとう。同じモノを売る商社が二つあったら、普通なら安い方を選ぶ——でもさ、安ければ良いってわけじゃないよね。親身になってくれる担当者がいるなら、ちょっと高くてもその人がいる会社を選ぶし、仕入れたモノは同じでも意味のある付加価値を付けて提供してくれるなら、そっちを選ぶ。よりお客を喜ばせる商人の方に人は集まっていく」

まあ、確かに安いだけのお店より、安くて雰囲気が良くておいしくて評判なお店に足を運んじゃうわけだし。それを考えるとその通り——

なんだけど、それが『料理が不可欠！』な理由に繋がるんだろうか。

「料理も同じ、って事だよ。同じ素材でも違うものが出来上がる。素敵な料理を出すお店みたい、付加価値を忘れるな——原点回帰みたいな思いが、そこに込められてるってわけ。それが、京月さんがこんな課を作った一つの理由。今回のお店は良い例だったんじゃないかな」

そうなんだ。それが、この課が食事に行く理由——

自分たちの立ち位置を再認識する為に。

お店の力を借りて、プラスアルファの何かを与える為に。

その為に、この課にはお店が不可欠なんだろう——

「──ひなのさん、昔さ」

流さんの声に、ハッとなった。

現実に戻ったわたしは、流さんの言葉に意識を向ける。

「──僕も三ツ星商事の社員で、上層階に居たって話、したでしょ」

「言ってましたね、昨日」

「その頃はさ、もうホントにお金稼ぐ事に夢中だった。扱う額が大きいから、自分が偉くなった気もするし。色んな手を使って沢山の女の子を利用して仕事してたよ。でも、仕事で大きな失敗をして、それが結構な額の損害になっちゃって、会社からはじき出されちゃったんだ」

「それって、静さんと同じ──」

「そうそう。予《あらかじ》め失敗する事が分かってるプロジェクトに会社の問題児が突っ込まれたわけ。責任を取らせて辞めさせるように仕向けて──完全に出来レースにはまっちゃった。静さんもそう」

「それで流さんも退職して、コニーさんに声をかけられたんですか」

「そういう事。『おいしい仕事あるよ？』ってさ。でも聞いてみると総務！『えー事務部門!?』って思ったよ。ひなのさんも思ってるかもだけど、やっぱ報われない感じってあるしさ。いくら完璧にやってもそれが当たり前、みたいな。でも失敗したら一大事だし。おまけに三ツ星商事だと事務部門って完全に軽く見られてるし」

　わたしもそう思う。

「けどコニーさんの仕事を見てたら、事務部門だからどうだ、って事は無いかも、って思うようになったんだ。もちろん京月さんのバックアップが大きいんだけどさ。グループリソースメンテナンス課も悪くないな、って。それで見よう見まねで僕も静さんもこの課の仕事をするようになったんだ。それで、色んなものを一生懸命自動化して、自分たちにしか出来ないこっちの仕事に注力出来るように色々整備した。いままではちょっとは一人前なつもり」

　なんだか照れくさそうにしている流さんは、「でもさ」と話を切り替えた。

「今回の件に話を戻すと、やっぱりコニーさんの後光のおかげ、って感じ。甘い口紅を男にも売るっていうのは、あの人の二十年前の発想だよ。『さぼうる2』に僕たちを連れて行ったのも、多分僕らにヒントを与える為なんじゃないかなー、ってさ」

「でも、その発想と今回の件を結び付けたのは流さんですから。もっと自信を持って良いはずですよ」

「実際に形にしたのは怜花さんだよ。それに、甘い口紅をスイーツに結び付ける発想はひなのさんのアイデア」

「わたし？」

「だってだって」流さんは笑った。「口紅を見て『おいしそう』って、真っ先に言う人あんまり居ないよ。それで思ったんだ。思いっきりスイーツにして、スイーツショップにも置いちゃえば良いんじゃないかなって。僕はホントにただそのパーツを繋いだだけ――というわけでひなのさん、お礼に今度ご馳走するよ。誘われてくれるよね？」

「そうですね――良いですよ、ただし……」

やった、と流さんがはしゃいでいると、部屋のドアが開いた。コニーさんだ。

「やあ、おはよう――おや、なんだか妙にはしゃいでいるね、流くん」

「おはようございますコニーさん。今度ひなのさんとデートなんですよ」

「それはそれは、なかなか興味深い話だね」

わたしはコニーさんの袖を引っ張った。「コニーさんも一緒ですよ。『アマイロ』の話も聞きたいですし」

「えー!?　ひなのさん、二人きりじゃないの？」

「だってほら、コニーさんにもお礼をしておかないと」

「それはそうだけどさ――」

「二人っきりで行くとは言ってないですしね。そうだ、みんなでランチに行きましょう、静さんも呼んで」

「そんなぁ……しかもランチ？」

情けない声を出す流さんに、思わず笑ってしまった。

「じゃあお店は僕が決めちゃおうかな」とコニーさん。「良いお店知ってるんだよね」

「あ、行きましょう行きましょう♥」

わたしはコニーさんに続いてフロアを出た。文句を言いながらも流さんが続く。

まあ、流さんがなんと言おうと、今回は流さんのお手柄なのだから、ご褒美に何かご馳走してあげよう。それからコニーさんにも。

スイーツ・メイク・アス・ハッピー《スイーツはわたしたちを幸せにする》。

ユー《あなた》でもミー《わたし》でもなくて、アス《わたしたち》。

二十三年前、コニーさんの思い付いた口紅は、一組の夫婦と一人の少女に幸福を運んで、一人の部長のピンチを救った。その少女が二十三年後に作る口紅が、また別の誰かを幸せにするのだとしたら——きっと、自分の食い意地も少しは役に立ったという事になるんだろう。

たぶん、わたしも彼らの演出とお店の料理に魅せられた一人なんだ。わたしも、この課に愛着を感じ始めている——その事に、気づいた。

下層階の事務部門、その中でも一番外れの場所にある課。だけど、『事務部門なんて報われなくて面白くない』——そんな風に思っているわたしとは違って、彼らはこの場所で自分たちに出来る事をしていて、その仕事が誰かを喜ばせていて。

そう、この課は、迷える誰かさんには必要な課なんだろう。そしてこの課には、彼らのミッションを助けてくれるお店が必要なんだと思う。

よし、決めた。グルメ課の良い所を集めて、それを久保田部長に報告しよう。

それが今のわたしのミッションだ。

残された時間は、あと三週間。

※本書記載の情報はすべて2013年12月現在のものです。
※本書記載の情報は変更になる場合があります。

※本書記載の情報はすべて2013年12月現在のものです。
※本書記載の情報は変更になる場合があります。

4章 ★★★

海の中のピッツェリアと空の上の弾劾裁判

課が無くなるかどうか、それはわたしにかかっている——責任は重大なのだ。

グループリソースメンテナンス課の良い所を集めて、それを久保田部長に報告しようと決心した翌日、わたしはいつものように課に向かい、誰も居ない部屋でこの課の存続の為のプランを練っていた。そう、放っておいたら課は潰れてしまう。なんとかしてわたしが食い止めないと。

課を存続させる為の方法は一つ。久保田経理部長に、この課の活動が浪費じゃない事を納得して貰う事。

わたしは手元のノートを見返し、この課の活動を振り返った。

ファッションアパレル部の奈央さんの時は、上司との間のわだかまりを解いて。

産業設備部の舞浜さんの時には、遅刻の原因を取り除いて。

コスメティック部の怜花さんの時は、新作口紅のインスピレーションを与えて。

わたしが見てきた彼らの『料理』は、たった三回。でも、その全てが社員さんに力を与えて、会社に貢献した——そう思える。

そしてそれはきっと、『料理』に誘わなければ話にならなかった――お店の力が必要だったはず。おいしい料理とお酒で口と心を軽くするのもそうだし、お店が素敵な料理で教えてくれる付加価値っていう話もそうだし。でも――

「むー」

説得力が無いような気がする。

「やっぱ数字は必要かな……」

いくら上司との仲違《たが》いを解消しても、遅刻を無くしても、アイデアのインスピレーションを与えても、それで『これだけ売上を上げました！』とか『純利益こんなにです！』とか、そんな話には繋がらないわけで。

でも、そんな『数字』の部分をクリアしないと、久保田経理部長は絶対に納得しないだろうし……そもそも会社ってお金を稼ぐ為に活動してるわけで、稼ぎのないこの課は、『やっぱり浪費課』と言われても仕方ないかもだし……うーむ、困った。

残すところあと三週間。そんなに時間も無いかも。本当なら一つでも多くの活動記録を付けて、その中から目に見えて売上に貢献したと言えそうなものを見つけ出したいけど、そう都合良く仕事が舞い込んで来るわけじゃない。今のペースでやっていると、ちょっと遅い気がする。

かといって仕事を見つけて来るにしても、会社の中で起きた異変を感じ取る所から始めないといけないわけで、そんなの今のわたしには出来ない――

んー……悩めば悩むほど――

――くぅぅぅ……――

わたしのお腹が情けない音を立てた。身体は正直だ。

「よし、エネルギー補給に行こう」

腹が減っては戦が出来ない。

というわけでわたしは単身カフェテリアへ。

「ふぃー」

カニとほうれん草のトマトクリームパスタ、温泉玉子のシーザーサラダ、そしてデザートはママレードのフール。

やっぱり、うちのカフェテリアの料理は素敵、これだけでも入社した価値があるというもの。

んー♥　食事を終えて満足。お腹も心もいっぱい――

と、立ち上がってプレートを片付けようとしたその時。

──ビリリ──

腰を上げようと足に力を入れたはずみに、何かが破れた。

「ま、まさか……」

バッチリ感じた。疑いようも無い。わたしは右手でそっと確認をする。

スカートのお尻の所が、縦に激しく破れている。

しまった──超一級の緊急事態。立ち上がったらパンツが見えるかも──っていうかもう見えてるかも。スカートが破れた理由は単純明快──

わたしは恐る恐るお腹をフニフニと触る……手応えアリ、犯人発見。間違いだと信じたいけど、これは間違えようが無い。ボリュームが増している。

そう、最近、緑さんと優子の三人で、グループリソースメンテナンス課の活動にってつけなお店を色々食べ歩いているのだ──予算は一人三千円で、都内にあるおいしいお店を。

根津《ねづ》にごま豆腐のおいしいうどん屋さんも見つけたし、自由《じゆう》が丘《おか》のタイ料理屋さんも素敵だったし、押上《おしあげ》の可愛いカレー屋さんも堪能したし、なんと言ってもお気に入りは浅草橋《あさくさばし》のピザ屋さん。あとは──ああ……思い当たる節がありまくり。

辺りに人がいっぱいいて身動きが取れない。パンツ丸見せで歩く勇気は無い。かといってこうして座っていても『食事終わったのに、しかも一人なのに、なんでこの人ずっと座ってるの？　邪魔なんですけど』的な視線をそれとなく感じる。

ああ、違うんです。スカートが破けているんです。わたしは心の中で謝罪をする。

しかし、そんな心の謝罪は周りの人たちには届かない。

「四人で座れる所、無いね」わたしの目の前でプレートを持っている女性が言う。

「無いね。このテーブル、三つしか空いてないし」

「仕方ないかぁ」

「あーん、四人で座りたいー」

女子たちが超見てる——うつむくわたしのつむじを。多分。ねっとりとした、どけどけビーム。

動けない。でも、早く帰って課の存続の為のプランも練らないとだし……

仕方ない、もう諦めよう——

と、その時、誰かがわたしに声をかけてきた。

「あの……」

声をかけてきたのはフレームレスのメガネをかけた男性。爽やかな笑顔をわたしに向けている。

ああッ、よりによってこんな〝お嫁に行けない状態〟の時に——

「僕の婚約者になって下さい」

「はい⁉」

プロポーズ⁉　思わず間抜けな声を出してしまった。何が起きたのか理解出来ない。謎のモテ期襲来？　でも意味が分からな過ぎる。

「とりあえず、まずはこれを——」と、男性はカーディガンを差し出した。

ん——カーディガンって、どういう事だろう……あッ！

やっぱり見えてたんだッ！

興奮のあまり身体に力が入ったせいで——

わたしのスカートが、もう一度ビリリ、と音を立てた。

「あーびっくりした……そういう事ですか……」

カフェテリアの隅に席を異動して、わたしたちは一息ついた。

カーディガンを貸してくれた日立野《ひたちの》淳《じゅん》さんは、第一食品流通部の人らしい。年齢は丁度三十くらいで、大人な男の人という感じ。

日立野さんの話によると、彼が仕事で関わっているモリタ食品の専務さんから、

『うちの娘との結婚を考えてみろ』と縁談を持ちかけられているらしい。

モリタ食品さんは、高級食材や高級菓子を製造販売するチェーンを展開している食品企業。自社で取り扱う食材を利用してのレストラン経営にも注力をしている。三ツ星商事はここに小麦粉や砂糖、バターといった原材料をはじめ、店舗設備やラッピング機材、ショーケースなどなどを卸《おろ》している。

さっきの婚約者になってくれ、という話は、この縁談を持ちかけてきているモリタ食品の夜奈村《よなむら》専務《せんむ》に、やんわりと断りを入れる為の言いわけ作りという事なのだとか。

日立野さんは申し訳なさそうな表情をわたしに向けていた。

「すみません、完全に誤解する言い方でしたね」

「でも凄いですね。あれですか、政略結婚的な」

「まさか」日立野さんは笑う。「僕を取り込んだところで、向こうに大したメリットは無いですよ。いつまでこの担当かも分からないし――それに、そもそもこの夜奈村専務は、その昔は三ツ星商事の社員だったんです。今からずっと前の話ですけどね」

話によると、日立野さんが今いる第一食品流通部に、かつて在籍していた人らしい。

随分やり手で、都内を中心に高級食材店や高級スイーツショップを展開する事業を立ち上げ、子会社設立。その会社の重役としてポストを得て、今では三ツ星商事から独立。いわゆるスピンアウト。

「だからうちの部署とは大分強いコネがあるんです。一介の担当の僕なんて、まったくお呼びじゃない」

「へえ、その割には随分と気に入られちゃってますね」

「僕も夜奈村専務も釣りが趣味で、時々一緒に行く仲なんです。そんなわけか随分良くして貰って――」

「うちの娘の婚約者に是非、と」

日立野さんは頷いた。

だけど、彼は乗り気ではない。

「娘さんとは何度か会っていますが――別に彼女がダメだというわけではないんです。むしろ文句の付け所が無い。美人だし、上品。僕にはもったいないというのは本音です。今年大学院を出て、来年からは社会人。予定では企業の研究所に勤務――僕も理系だったから分かりますが、そういうルートを辿れる人間はごく一部。優秀だと思います。努力家で、僕は彼女を尊敬している。ただ、人の決めた相手と結婚するというのは引っかかります。やはり気持ちは入らない」

日立野さんに結婚の意思は無い、とは言っても相手は取引先の専務の娘さん。むげに断るわけにも行かない。というわけで曖昧な態度を取り続けていた。でも——

「——『結婚をする相手でもいるのか』と聞かれ、つい、『そうです』と答えてしまったんです。そうしたら夜奈村専務は……」

「『そいつを連れて来い！』って感じですか？」

日立野さんは苦笑いをして頷いた。「……その通りです。『その娘がわたしの娘よりも上物なら諦《あきら》めてやる』と。でも僕にはそもそもそんな婚約者なんて居ない」

「だから嘘の婚約者が必要——」なるほど。「でもなんで見ず知らずのわたしに？」

日立野さんは少しきまりが悪そうな表情を見せて言う。

「実は、夜奈村専務から『婚約者とはどんな女性なんだ！』と問い詰められて、色々言ってしまっていたんです。ボブカットで、１６０センチくらいで、健康的で可愛らしい、なんて感じで……それで、キミがまさにそれにぴったりだったんです」

う——いきなり可愛いなんて言われると、断り辛くなる。

わたしは課の存続の為にちょっと頑張らないとなのに——

でも、考えてみると社員さんが困っているわけで、とするとこれはグループリソースメンテナンス課の活動に出来そうな話。これからどれだけ課に仕事が舞い込んで来るか分からない状況なのだから、このチャンスを逃す手はない。

よし。わたしは頷いた。

「――分かりました。引き受けます」

上手く解決すれば、課の存続を推す理由に繋げられるかも知れない。


「キミはなぜそんな話を勝手に引き受けて来るんですか」

課に戻って日立野さんの話をした瞬間、静さんがぴしゃりと言い放った。

流さんも穏やかじゃない表情――というか、明らかに怒っている様子だ。

だけど、わたしとしてはここで引くわけには行かない。

「でも、取引先の重役の娘さんとの縁談の案件なんて、バッチリ売上にも関係しそうじゃないですか」

「じゃあ聞きますがひなのくん、キミは一体どうするつもりですか。縁談を破談に持って行く？　下手をすればそれこそ甚大《じんだい》な被害、少なくとも先方としては面白くはないでしょう。逆に縁談をまとめようものなら、その気も無いのに結婚をする不幸なカップルを一組作るだけ。どちらに転んでも幸せにはなりません。確かに僕たちグループリソースメンテナンス課が解決すべきなのは、社の売上に貢献する事が見込まれる悩みです。だけど、それは誰かを不幸にしてまで達成するものでは無い――それとも、結婚させたい専務と結婚したくない社員、どちらの希望も満たすような方法がすでに頭の中にあるとでも？」

「う……それは」考えていなかった。

「そうだよひなのさん。これは『ドーナツの穴』なんだ」と、流さん。

「『ドーナツの穴』……？」

「そうそう、食べられない、『料理』出来ない、って事。今回の問題、僕たちの手に余るって意味。僕たちは会社のお金を使う。でもそれは勝ち目があるから。今回の話は勝ち目が無い。そんなものに時間と労力を投資出来ないよ」

「そういう事です。これは極めてナイーブな話、下手に手を出せば怪我をします。アクセルとブレーキの踏み分けが出来てはじめて一人前、ひなのくんも覚えておいて下さい」

そうかも知れない――でも、わたしが一人前になるよりずっと前に、この課の存続の是否が決まってしまう。仕事を選んでいる場合じゃない。

「それにそれに、僕としてはひなのさんが誰かの婚約者の役をやるなんて嫌だね、たとえ振りでもさ」

む……人の気も知らないで自分勝手な事ばっかり言って。

でも、みんなには言えない。課が無くなるかもなんて余計な心配を、みんなにさせたくはない。面倒な事に巻き込みたくない。

それに、わたしがスパイだって事を話して、三人をガッカリさせたくもない。

「分かりました。二人には頼みません」

「ちょっと待ちなさい、ひなのくん」「待ってよひなのさん」

わたしは二人の言葉を無視して、フロアを飛び出した。

みんなは協力しない。なら、わたし一人でやるだけだ。

＊

新宿――それは言わずと知れた日本最大級の繁華街。デパートや百貨店、シアターや飲食ビルがあちこちに建ち並び、高級ホテルや企業ビル、それから都庁なんかが一歩引いた場所で構えている――そう、ここはまるで歓楽の要塞都市。

街行く人たちの顔ぶれは多種多様で、色んな年代、色んな国、色んな性別の人がここに集まる――だから、誰の街でもあって、誰の街でもない。

そんな新宿の西口にそびえる巨大なホテル。

約束の土曜日、わたしと日立野さんはホテルのエントランスで夜奈村専務の到着を待つ。着慣れないシックなスーツのせいもあって、気持ちは妙にそわそわ。

そんなわたしの緊張と不安を感じ取ったのか、日立野さんは軽くわたしの肩に手を乗せて言った。「山崎さん、今日はとても素敵だね。大人っぽい格好も随分似合う」

「なっ……！」おだてられて耳が熱くなる。リラックスさせようとしているだけと分かっていても、過度に反応してしまう。「やめて下さいよ、ただでさえいっぱいいっぱいなんですから。顔が破裂しちゃいます」

「はは、心配し過ぎだよ。それに、夜奈村専務にしても僕らと同じ人間だ。でも――少しでも隙を見せようものなら、これ幸いと人を狩る狩猟民族。下手を打ったらバッサリだ。気を引き締めて行こう」

「ああ……脅《おど》かさないで下さい、プレッシャーが……」

「冗談冗談。気を抜ける相手ではないけどね」

わたしに課せられたミッションは日立野さんの恋人役。でも勿論、ただ単にそれを演じるだけじゃ夜奈村専務の顔が立たない。『夜奈村専務の娘さんには劣るけれど――』と下手《したで》に出て、出来るだけ穏便に済ませるのだ。それから、『いつも日立野さんがお世話になっております。すばらしい方だとお噂はかねがね聞いていて――』と持ち上げたりして。その為に、夜奈村専務の娘さんの情報は色々日立野さんから聞いて、頭に叩き込んでおいた。

上手く行くだろうか。

そして二分後。夜奈村専務がやって来た。

六十歳くらいの、貫禄十分な恰幅の良い男性。威圧感がある様子は、さすが専務という感じ。名刺が挟めそうなくらいに深い眉間の皺が、いかにも気むずかしそうな雰囲気を醸し出している。

「こんにちは夜奈村専務」

「——それがキミの恋人とやらだな」

早速それ扱い。先制のジャブでいきなりノックアウト気味だ。くじけそうになってしまうけれど、ここで弱音を吐いている場合じゃない。グループリソースメンテナンス課が無くなってしまうかも知れないというピンチが、わたしの背中に負ぶさっているのだ。

「はい、彼女が僕の恋人、山崎ひなのさんです」

「は、はじめまして、山崎ひなのです。いつも日立野さんがお世話になっております」

いきなり声が裏返ってしまった。

夜奈村専務は「ふん」とわたしを一瞥《いちべつ》して「面白くもなんともない」と鼻をならした。値踏みをするような目。

「行くぞ。時間がもったいない」

こんな女に関わっていたら、と暗に言っているみたいだ。

目的地へと向かうエレベーターがぐんぐん上っていくにつれ、密室の中の空気がどんどん重くなっていくような気がする。ああ、空気が重すぎる。

辿り着いた場所はホテルの四十二階。細長いエレベーターホールの向こう側にはバーカウンターが覗いて見える。その右手には、店名が記されたオレンジのネオンが光る、小さな看板。

高級紅茶のお店だよ、と日立野さんが呟く。

視線を前に向けてみると――

「わぁ、凄いですね！」広がっているのは摩天楼《まてんろう》のパノラマ。わたしはさっきまでのプレッシャーや重苦しい空気の事を一瞬忘れて、思わず言ってしまった。

「静かにしろ」夜奈村専務がピシャリと言い放つ。

「す、すみません……」

今は気を張るべき状況。あまり変にはしゃいではダメだ。気を付けないと。

わたしたちはウエイターさんにエスコートされ、左手奥の席に着く。

窓から見える風景は絶景。まるで神々が羽根休めをする為に存在しているかのような空間。おお、うっとりです……

さすがは専務。足を運ぶお店もエレガント。

店内は上品。自分が偉くなったみたいな錯覚さえしてしまう。

それにしても良い眺め。外をよく見てみると——

「あ、東京タワーもスカイツリーも見えますよ！」

「だからどうした」

「ステキだなーって……」もの凄い形相に、わたしは思わず小さくなった。「すみません……」

またも、「フン」と吐き捨てる夜奈村専務。

お茶とお菓子のオーダーをすると、しばしの沈黙が訪れた。やっぱり重い。

わたしはしきりに深呼吸を繰り返す。

タイミングを見計らって、日立野さんが襟を正して切り出した。

「夜奈村専務。彼女が僕の婚約者、山崎ひなのさんです。僕は彼女と真剣に交際をし、そして結婚をする事を考えています。夜奈村専務の娘さんとは何度かお会いをし、すばらしい女性だという事は重々承知していますが、将来を約束した人がわたしにはすでに……」

「それは分かっている。何度も言わんで良い」

やっぱり〝くだらん〟みたいな様子。威圧感が凄い。

「で、その娘は何者なんだ、日立野くん」

「彼女は、三ツ星商事の総務部、グループリソースメンテナンス課の――」

「ふん、下の娘に手を出したというわけか」冷ややかな視線を向けて来る夜奈村専務。

この人も昔は三ツ星商事にいたくらいだから、上と下の扱いの違いを肌で感じていたんだろう。わたしの身分が筒抜けというのは辛い。

「なんだそのグループリソースメンテナンス課というのは」

今度はわたしが答えた。

「はい。グループ全体の資源管理をしている課です。三ツ星商事やグループ会社から、資源の貸し出しや貸与の申請を受けて、承認を出しています」

はっ、と興味も無さそうに鼻で笑った――というか吐き捨てたというか。

どっちにしても「どうでも良い」と言いたげな様子だ。

「あの……一応、前社長の京月さんという方が作った、由緒ある課で――」

と、わたしの言葉の途中で、夜奈村専務は強い反応を示した。

「京月！　また気に入らん名前が出て来たな！」

しまった……なんか逆効果みたいだ。仲が悪いみたい。

わたしはすかさず話を変えた。

「――夜奈村専務のことは常々日立野さんから伺っています。公私ともに良くしていただき、わたしからもお礼申し上げま――」

「ハ！　早速女房気取りか」

「あ、いえ……そんなつもりでは……」

タコにいきなりスミをかけられた気分。やり辛い……空気がとにかく重過ぎる。

そうこうしているうちにお茶とお菓子が登場。わたしの目はそちらに奪われる。

「おっ、これは……」

キュートな五点盛りのスイーツたち。白磁《はくじ》のお皿の上に、行儀良く並べられている。

重い空気を一気に吹き飛ばすような、軽快で軽やかなお菓子。

小さいけれど、これで値段も相当なもの。これだけでグループリソースメンテナンス課一人当たりの一回の予算を食い潰しちゃうくらいなのだ。

見た目も文句なし、きっととんでもなくおいしいに違いない。わたしの気分もカラッと晴れた。

「ではではさっそく」わたしは真っ白なお団子を口に運ぶ。「いただきまーす……ん？」

んー……なんだろう。感動が無い。わたしがあまりに緊張しているせいなのか。

首をかしげながら次のお菓子に手を出した。色鮮やかなプチタルト——見た目はやっぱり素敵過ぎる。でも……不思議だ。何も感じない。おいしいとも思わないし、面白いとも思わない。値段は凄いのに、なんだか物足りない。

わたしは続けざまにお菓子を口に運んだ。どれも甘い。でも、普通に、お菓子。

「んー……」

そうだ、ここは高級紅茶専門店。だからお菓子はおまけなんだ。

そうそう……あーびっくりした。

わたしは気を取り直して小さなおちょこに注がれたお茶を手にする。

「んんん、これは……」

味が薄いし香りも無い。このお茶だって値段は凄いのに。お菓子と合わせると五千円近くまで行くはずなのに。

むー、まあ景色と雰囲気が良いから、そのお値段なんだろう。ティーポットはとても綺麗だし。それもサービスの一つのあり方だけど……

たぶん課のみんなは、こういうお店にはあんまり来ないだろう。

と――わたしが考え込んでいると、夜奈村専務の鋭い視線が突き刺さる。

「はっ……！」しまった。何も考えずにお菓子に食らい付いてしまった。

隣を見ると、日立野さんが唇を噛み締めて目を伏せている。

「あ、いや、すみません……つい」

夜奈村専務が言う。「はしたなくはしゃぎ、出された菓子を真っ先に貪《むさぼ》る――程度が知れるな。日立野くん、こんな娘を選ぶなど、キミもそのレベルというわけか。今後の関わり方を少し考え直すとしよう」

「あ、いや、その……ごめんなさい……」

「夜奈村専務」日立野さんが言う。「確かに少し彼女が失礼をしたかもしれません。それについては僕からもお詫びを申し上げます。しかし、この人が僕の婚約者、こういう所も含めて、彼女を気に入っているんです。ご理解下さい」

「ああ、完璧にご理解したよ。キミとその娘の品位をな。今まで随分と騙されて来たものだ」

そう言って専務は席を立つ。

「さて、失礼するぞ。もう話す事も聞く事も何も無い」

それだけ言い残して、去って行った。

わたしはなす術も無く、その場で凹《へこ》んでいた。

「あの、本当にすみません……わたしのせいで……」

「……気にしなくて良い。これで良かったんだ」

そうは言うものの、日立野さんは随分と気落ちしていた様子。

完全に失敗してしまった。わたしが出しゃばったせいで。

日立野さんにも迷惑をかけて。

グループリソースメンテナンス課の存続化計画も怪しくなって来て。

どうしよう——

ただ、本当の問題は、この後起きたのだった。

*

翌週の月曜日。グループリソースメンテナンス課へと向かう足は重かった。

土曜日に勝手に仕事をしちゃったとか、課が潰れそうだけどそれを救う為の材料が無いとか、しかも時間が無いとか、そもそも課が潰れそうなのを黙ってる事とか、気が重い理由は沢山あるけれど、一番は多分金曜日の出来事。捨て台詞を吐いてフロアを飛び出したのが最後だから、なんとなく気まずい。

結果として、確かに静さんと流さんの言った通りだった——そういう事になるんだろう。今回の件は『ドーナツの穴』——どっちに転んでも誰かが泣きをみる、そういう問題。だから彼らは扱おうとしなかったのだ。

でも、わたしもこの課を存続させる為に必死なんだから、それも分かって貰いたい——って、まあ、それがバレるような事になったら経理部に居場所が無くなってしまうんだけど。

「えーと、おはようございます……」

モヤモヤを抱えながら部屋の扉を開けてみると、静さん、流さんの二人がいた。

「……おはようございます、ひなのくん」

「おはよう、ひなのさん」

なんとなく、冷ややかな感じがする——ピリリと張り詰めた空気が肌を刺す。

そんな中、静さんがわたしに向かって歩み寄って来た。

「——ひなのくん、金曜日のことは一応謝ります。せっかくキミなりにこの課の一員として考えて活動のネタとなりそうな話を持って来てくれたわけですから——」

静さんは少し言いにくそうにそう言って、メガネのブリッジを押さえた。

「僕も僕も」流さんがこっちにやって来る。「もっと真剣にひなのさんの話を聞かなきゃいけなかったたって反省してるよ。ゴメンね」

なんだろう、急に。

でも、そんな風に言われると、こちらも勝手に話を持って来て悪かったかも——なんて思ったり。ひょっとしたら二人ともコニーさんに何か言われたんだろうか。

「あ、いえ、その——」

だけど、なんとなく素直に謝れない。

挙動不審気味に手をパタつかせていると、コニーさんが笑いながらお茶を持ってやって来た。

「さあさあみんな、朝一番のティータイムにしようか」


お菓子をつまむと——ふぅ、心が和んだ。

「あの、金曜日はすみませんでした、ふてくされたみたいに部屋を飛び出して……」

ハッハッハとコニーさんが笑う。「気にしない気にしない。まあでも、ひなちゃんは『ドーナツの穴』も食べようとしちゃうんだから、食いしん坊を通り越してるね」

「確かに」静さんが頷いている。「僕らはひなのくんの食欲を甘く見積もっているかも知れません」

「目を離したらきっとカラフルなキノコとかも食べちゃいそうだよね、ひなのさん」

と、流さんが笑った。

「あ、なんかひどい言い方のような気がしますよ、コニーさんも静さんも流さんも」

とか文句を言いながらも、なんとなく部屋の空気が和んでほっとするわたしだった。

静さんはいつもの調子の顔で言う。「いえいえ、褒めているんですよ。きっとひなのくんのような人が居たからこそ、人はナマコや納豆がおいしいと知ることが出来たんでしょう——そう、フロンティアスピリッツとでも言いましょうか」

「でもでも、最初にそういうの食べた人って、よっぽどお腹空いてたのかね。『食べるもの無いからダメになっちゃったっぽい大豆だけど食べちゃおうかな』みたいな」

流さんが話を膨らませた。

「極限状態なら人は何をするか分かりませんからね」

かもね、とコニーさんが頷いている。「——でもまあ、今は極限状態じゃないし、今回みたいにどうしようもない問題はあるしね。その辺りは徐々に覚えて行こうか、ねえひなちゃん」

徐々に、と言う言葉が引っかかったせいで、曖昧な返事が口をついた。確かにいきなり全部は覚えられない。それはその通りかもだけれど——

「え？　ええ……」

でも、残念ながら徐々に色々覚えて行くような時間は無くて、もうあと三週間足らずで勝負が決まってしまうのだ。隠し事をしている後ろめたさが、どうにも居心地悪い。優しく声をかけられるとなおさらそれが浮き彫りになって来た。

でも、もし——わたしは思う。

もし、このグループリソースメンテナンス課に訪れている廃課の危機を話したら、どうなるだろう。みんなと一緒に対策を考える事が出来る——わたしを含めた、グループリソースメンテナンス課全体として。だって、彼らにしてみたらまさに自分たちの問題なのだから。

みんながわたしの事を課の一員として扱ってくれる以上、本当の事を話した方が良いのかも知れない。もちろん、そんな事をすれば、もしかしたら経理部に戻れなくなるかも。戻れても居場所無いかも。

だけど、それでもこの課には無くなって貰いたくない。つまらないし誰にも喜んで貰えないと思っていた事務部門の仕事でも、工夫次第で人を喜ばせたり、人を活き活きさせたりすることが出来る――その事を教わったのは、わたしの大きな財産だ。

彼らには伝えておかないといけない気がする。

よし。土曜日の事、課が潰れそうな事、それからわたしがこの課に異動になった理由――全部話そう。

わたしは覚悟を決めた。

「――みなさん、お話があります」

わたしの改まった声に、三人がキョトンとして視線を集める。

「？　どうしたのひなちゃん、そんなに真剣な顔しちゃって」

「とっても大事な話なんです、真剣にもなります。ひょっとしたら取り返しが――」

と――

「取り返しが付かんことになっているぞグルメ課！」

勢い良くフロアの扉が開く音がし、怒鳴り声がした。

飛んで来たのは、聞いた事のある、なじみのある声だった。

振り返ると、そこにいたのは――

「部長……どうしてここに」

そこにいたのは経理部のボス、久保田経理部長。

軽く頭が混乱した。どうしてこの人が？

理由が分からない——でも、一つ言えるのは、間違い無く何かが起きたと言う事。

久保田経理部長の顔を見れば、それは明白。いつもしかめ面だけど、今日の顔はひと味違う。

部長は部屋に入って来て、コニーさんの前に立った。

「小西課長、響静くん、日比生流くん。副事務総長がお呼びだ！」

社員数約四千人を誇る三ツ星商事の副事務総長——人事部や経理部、法務部みたいな事務部門を取りまとめている統括部の、ナンバーツーの人。事務部門の中でも、唯一この部門だけは上層階にある。言ってしまえば別格な人たち。そんな人がこの課に一体——

「それから——」部長は振り返ってこちらに視線を送る。「山崎ひなの、お前もだ」

＊

「とんでもない事をしてくれたな！　グルメ課」

副事務総長は頭の裏側から声を出すような甲高い声で、横一列に列んでいるわたしたちを叱り飛ばした。

統括部があるのは最上階に近い三十七階。区分けとしては事務部門だけど、ここにいる人たちの多くは上層階の企画営業として実績を積み上げた人たちで、役員になる順番待ちの人たちが、ここに収まったりしているらしい。

だから事務部門にありながら事務部門にあらず、なのだ。

副事務総長の様子からして、何かが起きた事は確実なのだろうけど――それが何かは分からない。

「はあ」コニーさんも要領を得ないという様子で返事をする。「一体いかがされましたか、副事務総長」

「――生活産業事業本部の第一食品流通部から、緊急で来期予算案の差し替え依頼が統括部と財務部、経理部に飛んで来た。まだ依頼の打診だけだがいずれ見直し後の数字も届くだろう――下方修正された数字がな」

聞いた事がある部署名――日立野さんのいる所だ。

でも、予算の下方修正って一体なんなのだろう。

わたしが分かっていない事を察したのか、久保田経理部長が挟み込んだ。

「山崎、これがどういう意味か分かるか？」

「あ、いや、えーと……」

いきなり指名されたわたしは、ドギマギとしながらしどろもどろに返答する。

一言で言えば分かっていない。わたしの返答を待たずに、久保田経理部長が言う。

「予算の下方修正という事は、『会社から来期の売上はいくらを達成しろと言われていたけれど、その売上予定を達成出来そうにないので見直しをさせて下さい』と泣き付いて来た、というわけだ」

なるほど、内容は分かったかも。けど――

「どうしてそんな事になったんですか……?」

「どうもこうもあるか。モリタ食品が当面のところの全面的な取引凍結を言い渡して来たからだ。今まで先方がうちに卸していた商品の販売はストップ、こちらから売っていた食材や機材も、『他社から仕入れる事にする』という事だ」

モリタ食品、第一食品流通部、取引凍結――不穏なキーワードのオンパレード。嫌な予感がする。

「多くの部署が打撃を受けたが、殊更《ことさら》ひどいのが第一食品流通部。稼ぎが減って、ご覧の通り予算案の差し替え依頼。先方の話によると、三ツ星商事の第一食品流通部の男性社員と、グループリソースメンテナンス課を名乗っていた女性社員にえらく憤慨をしたらしい。それをきっかけに取引を凍結。結果、二億の損失」

「え……！」

三ツ星商事、グループリソースメンテナンス課の女性社員——

つまり、わたしだ。

夜奈村専務が、土曜日のわたしの振る舞いに怒ったのだ。

血の気が引いた。静さんが言っていた通り、甚大な被害を生み出してしまった。

大した考えも無いのに、どうにか出来ると思って、気楽に考えて——でもこうして取り返しが付かない事態を招いて。

全部、わたしのせいだ。

「もちろん、たかだか二億の売上減で社が傾く事など無い。部の売上からすればごく一部、切り捨てることも出来る——しかし、モリタ食品の財務状況から、今後業務領域を拡張していくだろうと我が社は見込んでいた。その新機軸をうちが提案、受注し、さらなる協力態勢を築こうとしていたわけだ。そんな中での今回の一件、問題視しないわけには行かない。これを皮切りに、この問題児揃いのグルメ課の扱いについて、諮問会議を開く」

まずい。三週間後に予定されていた諮問会議で、今回の件も取り扱われる——

「日時は明日。時刻は事務総長が出張から帰って来る十三時だ」

「明日!?」わたしは思わず叫んだ。

そんな——急過ぎる。

いきなり予定が早まって、何から手を付ければ良いのか分からない——

「諮問会議——という名の弾劾《だんがい》裁判、というわけですか」静さんが険しい顔で呟いた。

「そういう事だ。議題は二つ。『今回の予算案の差し戻しにおけるグルメ課の責任について』、そして『グルメ課の日々の浪費について』。これをきっかけにこの課を叩き潰す。覚悟をしておけよ」

そう言ったのは久保田経理部長。きっと今回の件を聞き付けて、しめたとばかりにグループリソースメンテナンス課の廃課活動を推し進めようと考えたんだろう。

わたしは、何をやっているんだ。

課を救うどころか、窮地に追いやるなんて……しかも、日立野さんの第一食品流通部も大打撃と、最悪の事態。もう久保田経理部長を説得すればどうにかなるレベルじゃなくなってしまっている。

いや……ちょっと待って——

だとすれば——青ざめた。

これだけグループリソースメンテナンス課が問題の課としてクローズアップされる事態になってるなら——わたしはもう、いらない存在だ。

グループリソースメンテナンス課にスパイを潜入させておく意味は、もう無い。

「山崎ひなの」副事務総長がわたしに言う。

体中の神経が耳に集中した。

お願いだから——心の中で願った。

どうか、この場でわたしがスパイだった事だけは——

それだけは言わないで欲しい。

それだけは、わたしの口から伝えたい。課のみんなを騙していたなんて事は——

わたしはもう一度強く祈る。けど——

それは、もろくも崩れ去った。

「しかし、まさかこんな形になるとはな。山崎ひなの——キミはグルメ課のスパイとしては二流だが、工作員としては超一流だ」

一番言って欲しくない言葉が、一番言って欲しくない形で、副事務総長の口から出て来た。

「明日の諮問会議で内部監査活動は終わり、明後日から経理部に異動だ」

わたしは、うつむいて黙っていた。

グループリソースメンテナンス課のみんなの顔を見ることが出来ない。


統括部のフロアを出た後、課のみんなはすぐに廊下で話を始めた。

最初に口を開いたのはコニーさんだった。

「さて——早速動くとしようか。静くんは夜奈村専務とその近辺を、流くんは夜奈村専務の娘さんを中心に、関係者をそれぞれ調べてみて。ひなちゃんは、日立野くんの状況を見てきて貰えるかな」

何故——

もう、どうしようもないのに。諦める他に手立ては無いのに。

どうやったって勝ち目なんて無いのに。

しかも、わたしに仕事を任せようとして——まるで、さっきの話なんて無かったみたいに。

わたしがスパイだという事なんて、明るみに出なかったかのように。

「分かりました。しかし困りましたね……」静さんが考え込む。「何から手を付けていけば良いか……」

「いつも通りだよ。静くんや流くんがいつもやってる通りにやってくれれば、それで良いからね」

いつも通りか、と二人は考え込んでいる。「……まずは手近な所から攻めて行きましょうか。流、ひなのくん、日立野さんの所に一緒に行きましょう」

「わかった。行こう、ひなのさん」

と、流さんはわたしの手を取る。

手を引かれて——だけど、わたしは動かない。

代わりに、言った。「——待って下さい」

「時間が無いんだよ、早く早く」

いつものようなふざけた調子ではない、真剣な流さんの表情。

だけど——

流さんと繋いだ手を離し、わたしは立ち止まった。

「——みなさん、どうしてわたしを責めないんですか？」

罵られもせず、怒られもせず、冷ややかに扱われる事もなく、無視もされず。

課をこれだけ窮地に追いやって、しかも実はスパイで——

そんなわたしと一緒に行動をする事なんて、もう出来ないはずなのに。

わたしがまともに働く保証なんて、どこにも無いのに。

「ひなちゃんが経理部の回し者だっていうのは織り込み済み、僕たちはとっくに分かってたよ」

「えッ……⁉」

なら——

どうして、今まで普通に接して来ていたのだろう。今にしても、どうしてこうやって仕事を手伝わせるような事を——真面目に働くかなんて分からないのに。

「ひなちゃん、今日、部屋で何か言いかけた事あるでしょ？　凄い真剣な顔でさ。あれってさ、何を言おうとしたのかな」

わたしが言いかけた事——それは、土曜日に勝手に仕事をして失敗をした事、課が潰れそうな事、それからわたしがこの課に異動になった理由——

そんな事を、わたしは言おうとしていたのだった。

「僕たちに全部話すつもりだった——でしょ？」コニーさんが笑った。「この課が潰れちゃうのが時間の問題だって知ってたから、ひなちゃんなりにどうにかしようと色々動いてくれたってわけだよね？　僕たちには『自分はスパイだ』って言えないから、自分一人でさ。でも、それでも言おうとしてくれた——だよね？」

「それに、裏事情がどうあれ、ひなちゃんは今は僕の部下。だから、今回の件は僕の監督不行き届き」コニーさんが言う。

「そうそう、僕らにしてもそうだよ。ひなのさんが『困っている人がいる』って話を持って来たのに、邪険にしちゃったから一人で対応しようとしたわけだし。ひなのさんがどんな行動に出るかなんて考えれば分かったはず、ねえ静さん」

「その通りですね。ひなのくんの立場と気持ちを考えたら、そうするだろうと想像は付いた――それをみすみす見逃していた僕たちのミスです」

みんなは、全部分かっていた。分かってて、それでもわたしを課の一員だと思ってくれていた。

だったら、もっと早くわたしが自分の事を話していれば、結果は変わったかも知れない。わたしが焦っている事とか、課が危機的な状況だという事とか、そういう話が出来ていれば、きっともっと違った結論になったはず。土曜日に、わたし一人であんな場所に行かせるような事はしなかったんだろう。

完全に、迷惑をかけている。課のみんなを困らせてしまっている。

わたしは泣きそうになってしまった。

「コニーさん――」

もうこうなってしまったら、多分打つ手は無い。

それなのに、三人は諦めた様子も無くて、どうにか対策を練ろうとしている。

湿った顔をするわたしを元気づけるように、コニーさんが肩を叩いた。

「さて！　吊るし上げの会議は明日！　あと二十四時間もあるね。出来る所から片付けて行こうか。さあ行った行った！」

よし、と静さんが言う。「ひなのくん、日立野さんの所に案内して貰えますか。一緒に行きましょう」

そう、泣きそうになっている時間なんて無いのだ。


「すみません日立野さん。まさかこんな事になるなんて――」

日立野さんのいる第一食品流通部は、混乱していた。慌ただしいフロアの様子が、今回のインパクトを物語っている。

「……へえ、グループリソースメンテナンス課にまで話が届いているとは、大したものだね」

日立野さんはフロアのリラックススペースで、ソファに身体を沈めてうなだれていた。土曜日に問題が起きてから、ずっと右往左往していたのかも知れない。スーツもワイシャツもくたびれていて、髭もうっすらと伸びている。

わたしの姿を見て、苦笑いを浮かべた。

「勿論キミのせいじゃないさ。トドメを刺したのは僕だ。きっと、夜奈村専務は僕が誰を連れて行ったとしても、こうするつもりだったんだろう――それをきっかけに僕との関係を精算する腹づもりだった。取引凍結という形でね。予定通りというわけ」

「でも――プライベートな理由で会社間の取引を凍結なんて、信じられないです」

取引先の男性が自分の娘と結婚しないからといって、これだけの損害を与える――世間で通じる話では無いはず。

それが普通の感覚だろうね、と日立野さんは言った。「……でも僕らからすると『また出た』ってところだな――気に入らない担当者を外すために一時的に取引量を減らして暗に警告サインを送る。担当が変わったら取引量を戻す。夜奈村専務の常套手段なんだ」

「なんでそんな事を――」

「あの人自身、三ツ星商事に居た頃、殿様商売をする人たちを見て来た。『売ってやってるんだ、有り難く思え』みたいなね。だからそんな風に扱われないように、『気に入らなければいつでも三ツ星商事を切る』と牽制《けんせい》をして来るんだ。『モリタ食品は三ツ星商事のビジネスパートナーであって、子会社じゃない』――その事を僕らに肌で分からせる為に。だからこんなやり方をしているんだ。僕たちは業界トップの商社じゃない。いつでも乗り換えられてしまう立場にある――」

日立野さんは力無く笑う。諦めといった言葉が似合う表情。

多分、土曜日の段階でこうなる事が分かっていたのかもしれない。

「――モリタ食品を担当する人間は出来るだけミスをしないように細心の注意を払う。それでも、大抵は二年も持たずに別の担当にチェンジ。ただ、僕はどういうわけかあの人に気に入られて、もう五年も担当を任されていた。信頼されていたという自負もあったけれど――その分反動が大きかった。さすがに部の売上計画を下方修正するレベルとは、参ったよ。歴代の担当者はちょっとした取引減くらいだったのに――」

「でも……やっぱりおかしいです。サービスのレベルが低いとか、対応が遅いとか、仕事に関係する理由じゃなくて、自分の娘と結婚しないからチェンジだなんて」

「関係無いよ。仕事で気に入らない相手とプライベートで付き合いたいとは思わない。逆もまたしかり。そこに文句を言っても始まらない。そういうルールの下で、僕らは仕事をしていたわけだから」

好かれても、嫌われても、足を踏み外せば同じ。

気に入られれば延々と続投。まるで負けることが決まっているゲームみたいな感じさえしてしまう。

「……これからどうするんですか」

「別にどうもしないさ。僕は夜奈村専務の娘さんと結婚する気は無い。第一、これをきっかけに結婚なんてしたら、娘さんも納得しない。それに、娘さんはずっと『自分は愛されて結婚を申し込まれたわけではない』という思いに縛られる。そんな風に思わせるのは嫌だ。このまま減額を受け入れれば、ただ単に僕の成績が下がるだけ。今日の夜八時、今回の取引凍結の正式連絡で夜奈村専務がうちの部に来る。そこで色々と話し合われて、終わりだろうね。出世コースからは外れるけれど——一人の女性を不幸にするより、そっちの方が絶対に良い。そもそも、彼女にしても僕との結婚には乗り気じゃない。二重に彼女を苦しめる事になる——そう、これで良いんだ」

言葉とは裏腹に、その顔には隠しようも無い落ち込みが見られる。

流さんが、一歩前に出た。

「ねえねえ日立野さん、僕たちグループリソースメンテナンス課はさ、今回の件で廃課になっちゃうかも知れないんだ。男らしく腹をくくったっていうのは認めるけどさ、でも、ちょっと諦めが早いんじゃないかな。僕たちはまだ諦めてない。だからさ、色々教えて欲しい。夜奈村専務に関する事、娘さんに関する事、それから、仕事に関する事――全部ね」

流さんの言葉を聞いて、ほんの少しだけ驚いたような様子で顔を上げる日立野さん。驚きの表情を作る力さえ残っていない、そんな風にも見えた。

「廃課なんて、そんな……申し訳ない。僕が変な事を頼んだばっかりに……」

再び日立野さんは顔を落とした。

「……でも、諦めていないって……一体どうするつもりですか。失礼を承知で言うけれど、この状況で総務部に何かが出来るとはとても思えない」

言葉の通り、失礼な発言かも知れない。でも、事実でもある。

でしょうね、と静さんは言った。「確かに僕たちは社外の人間を動かすような力は持ち合わせていません。どうするべきなのか、アイデアの一つも無いのが現状です」

「なら――」日立野さんの顔には疑問が浮かんでいた。

「だからこそ、これから考えるんですよ、どうやってモリタ食品の夜奈村専務を攻略して行くか――日立野さんの話を聞いて」

「そうそう、どんな些細な事でも構わないから教えて欲しいな、日立野さん」

流さんのプッシュを受けた日立野さんは――なおも躊躇っていた。

いくら状況が状況とは言っても、お客さんの情報を人に話すなんておいそれとは出来ない——そういう事なんだろう。

だけど、わたしたちだってこのまま指をくわえて課が潰れていくのを見ているわけにはいかない。何かが出来るのであれば、その可能性が少しでもあるなら、それに賭けてみたい。

何より、課をこんな状況に追いやってしまったのは、他でも無いこのわたしだから……責任を感じずにはいられない。

「日立野さん、話せる部分だけでも良いです、お願いします」

わたしは頭を下げた。たとえどんな些細な情報でも、今は手に入れたい。

少しの沈黙の後——日立野さんは「分かりました」とゆっくり頷いた。

夜奈村専務の今までの経歴、会社での現在の立ち位置、自宅の場所、趣味、人間関係、性格——それから娘さんの経歴、容姿、通っている学校、研究内容、趣味——知っている全ての情報を吐き出し終えると、日立野さんはぐったりと疲れ切った様子で椅子の背もたれに寄りかかった。

「——これが僕の言える全てです。私見も含めて、全部」

役に立つ情報もあれば、役に立ちそうもない情報もあった。

精も根も尽き果てた様子の日立野さんを置いて、わたしたちはその情報を手に、第一食品流通部を後にする。

帰りがけに、日立野さんはわたしを呼び止めた。

「――山崎さん、こんな事に巻き込んで、キミには本当に申し訳ない事をしたと思っています。せめて、キミには迷惑がかからないようにしたい。夜奈村専務には、僕と山崎さんは一切無関係だと伝えておくよ」

日立野淳と山崎ひなのは無関係――だとすれば、グループリソースメンテナンス課と日立野さんも無関係、という事になる。だけど、そんな話を聞かせたら、日立野さんの立場は一層悪くなるだろう。夜奈村専務を騙したことが明らかになるのだから。

「ただ、残念ながら――それで何もかもが元通りになるなんて事は無いけどね。夜奈村専務は、一度決めた事はまず撤回をしない」

返す言葉が無かった。日立野さんの言うとおり、もう取り返しが付かない状態になっているのだから。今更何を言っても、元に戻る事なんて、無い。

本当にすまなかった、と言う日立野さんの言葉を背中に受け、わたしたちはその場を去った。

第一食品流通部を後にすると、早速静さんが口を開く。

「――さて、これからどうするかですが――僕は夜奈村専務と彼の仕事上の関係者の身辺を調査します。流、キミは専務の娘さんを中心に当たってみて下さい。ひなのくん、キミは僕のサポートとして一緒に来て貰えますか」

流さんは了解、といつもより低めのトーンで言葉を返した。

その口調に見合った、少し真剣な顔だ。

「でもでも静さん、やっぱりこの状況だと……あの方向で考えてる？」

「やりたくはありませんし、上手く探れるかどうかも分かりませんが――それしか無い、致し方ないでしょう」

あの方向――一体、なんだろうか。

ただ、やりたくないと静さんが言うくらいだから、良くはない方向なんだろう。

静さんの顔は――いつも通りの神妙な面持ち。その表情からだけでは、何を考えているのかは分からない。

「なんですか、あの方向って……」

静さんも流さんも、答え辛そうな顔をしている。

やがて、静さんが口を開いた。

「……僕たちが昔よく使っていた方法ですよ。会社を追われる前に、よく使っていた」

──元々三ツ星商事の社員だった静さんと流さんは、問題児としてマークされていた──確か、そういう話だった。だからこそ、失敗が決定しているプロジェクトに参画させられ、失敗の責任を取る形で、会社を後にせざるを得なくなった。

問題児が、問題児だった理由──

「弱みを握って、脅す──そんな方法ですよ」

「そんな、脅すなんて……わたしの知ってるグループリソースメンテナンス課のやり方じゃありません」

「確かにそうかも知れません。僕たちだって進んでやりたいとは思わないです。ただ、残念ながら今はもうそれしか方法はありません──今回の問題を乗り切る為には、グループリソースメンテナンス課として今回の損失を補塡《ほてん》するだけの稼ぎを上げるか、もしくはモリタ食品からの取引凍結を撤回させるか、そうしないとうちの課の責任が問われる事になります」

「それはそうかもしれませんけど……」

わたしは何を言っているんだろう。自分で失敗を引き起こしておきながら──

でも、やっぱりどうしても心から賛成は出来ない。

「僕たちに売上はありませんから、残された道は取引凍結の撤回だけ——情に訴えてどうにかなるような問題では無いし、そんな事でなびく相手にも到底思えません。役員レベルの人間の決定を覆すには、弱みを握るしか方法は無いでしょうね」

「でもでも、コニーさんが聞いたら……」流さんも唸っている。

「反対するでしょうね。確実に。だからこそ、念を押すように『いつも通りにやれ』と言ったんだと思いますよ」

コニーさんには黙ってやらないと、と二人が話を進めている。

わたしは、そこに口を挟んだ。

「……他の方法は無いんですか、静さん、流さん」

「ありませんね、残念ながら」

「そうそう——多分唯一の方法だと思うよ、ひなのさん。それでも上手く行くかは分からないけどさ。弱みと言えるようなネタにあり付けるかも分からないし、あり付いたとしてもバッチリ証拠を摑まないとはじき飛ばされちゃうし」

「それともひなのくん、キミには他に手がありますか？」

静さんが、真剣な目でわたしを見つめている。流さんも、わたしに注目していた。

手は——思い浮かばない。答えられなかった。

「でも、やっぱりグループリソースメンテナンス課らしいやり方じゃ無いです……」

この前、流さんから聞いた話が頭をよぎる。

――素敵な料理を出すお店みたいに、付加価値を提供する事を忘れるな――

それが、この課の活動の原点なはず。

前社長の京月さんとコニーさんがこの課でやりたかったのは、そういう事なはず。

だからこそ、わたしもこの課に存続して貰いたいと思った。

流さんも、うつむいている。

「僕たちに残された道は二つです」静さんは二本の指を立てた。「このまま廃課を待つか、それとも損失の補塡をするか――責任を回避する為には、二つ目の選択肢しかあり得ません。ひとまず、何でも良いから調べられる事を調べる――流、キミは小西課長の指示通り、夜奈村専務の娘さんの近辺を中心に当たって下さい。ひなのくん、僕はキミの言う三つ目の方法、『グループリソースメンテナンス課らしい方法』でこの問題を解決する手段が思い浮かびません。だから、キミに指示を出すことが出来ない――『僕に付いてきて下さい』という以外には」

「――やらせて貰いたい事があります。お願いします、静さん」

「わかりました」静さんは溜息をついた。「では、三時間後にグループリソースメンテナンス課の部屋で一度集合、それまでは手分けをして独自に調査としましょう」

時間がありません、行きましょう、という静さんの声を合図に、二人は姿を消した。

脅すなんて、わたしには出来ない。そんな事したくないし、向いてない。わたしに出来る事は――

今まで同じ思いで動いていた課が、バラバラになっているのが、分かった。

わたしは、鞄の中にある、この課の活動記録を握り締めた。

*

わたしがまず足を運んだのは、『原宿ファッションフェス』で披露するイベントを企画した松江奈央さんの職場――ファッションアパレル部。

そう、わたしがやろうとしている事は、『グループリソースメンテナンス課がいかに役に立っているか』を聞き出し、そして『売上で言えばいくらくらいの効果をはじき出しているか』を直接ヒアリングする事。

グループリソースメンテナンス課は事務部門だから、外部からお金を稼いでこない。なので、利益をどれだけ出したかを明確に数字で示すことは出来ない。だけど、この課が関わった人達は、売上を持っているはず。

　間接的であるにせよ社の売上に貢献しているという事が説明出来れば、諮問会議の時に申し開きが出来るかも知れない。絶対にそんなことは無いと思いながら、出来ればその合計額が今回の損失額である二億を上回っていれば――そんな期待を胸に、わたしは奈央さんに接触したのだけれど。

「イベントは四ヶ月後なんですよ！」

　開催すらしていなかった。

　溜息をつくわたしをよそに、奈央さんは楽しそうに盛り上がっている。

「お店に協賛を取り付けて、区に協力を仰いで、ショップの洋服を揃えて、ランウェイ用のセットを手配して、後はメイクアップアーティストと――そうそう、記者《プレス》とファッションモデルさんもランウェイの回りを取り囲む感じになる予定なんです」

　煙に巻く上司の鶴巻さんが奈央さんの企画を上層部に見事ねじ込んだから、毎日が多忙。しかも、凄く本格的にやるらしい。わたしはノートにメモを取った。

「鶴巻課長が『やるならプロ仕様、ちゃちなイベントは認めない、徹底的に行くぞ』って。今はもうあの人が一番気合い入ってるかも知れない、ってくらいアイデアをじゃかすか出すんです。鶴巻さんの要求は高いし、色んな関係者に話を付けるのも一苦労だしで、もう大変！　悩みも多いけど、今はそんな鶴巻課長が相談に乗ってくれますし。だから徹底的にやって、絶対成功させたいんですよね——そうそう、あの燻製のお店の事を話したら、凄く興味津々でした。落ち着いたらみんなで行こうって」

そう話す奈央さんの笑顔はキラキラ——

「っていうか」奈央さんがふと思い出したように真顔に戻った。「なんでわたしの事とか知ってるんです？」

「あ、いや……わたし流さんと同じ課の人間でして……あははは」

しまった——考えてみれば、わたしは色々奈央さんの事を知ってるけど、奈央さんはわたしの事なんて何も知らないのだ。

ボロが出る前に「イベント、楽しみにしてますよ」と、わたしはその場を後にした。

「ええ、最近はめっきり遅刻が無くなりましたよ。緑さんとの関係も良好、言う事無しです」

次に訪れたのは舞浜さん。ビアバーに通い詰めて連日遅刻だった人だ。

彼なら、きっと何らかの数字を持っているはず。

「数字という意味では——そうですね。僕は、今は固定客に固定量の品物を卸すのが主な仕事だから、去年からほぼ横ばいなんですよ――それこそ遅刻連続の頃も売上はずっと変わらず」

「そうなんですか……」

だとすれば、グルメ課の働きが功を奏して売上が変化したとは言えない。

しゅん、としおれるわたしをよそに、舞浜さんは気分良さげに話を続ける。

「でも、結構危なかったんですよね。午前中にお客さんと打ち合わせを入れていた事があったんですが、それにも遅刻をしていて――『彼は大丈夫なのか』なんて言われてたんです、実は。でも今はもうすっかり遅刻も無くて、今まで以上に良好な関係を築いてます――ああ、そうそう。最近、緑さんと朝一緒に走ってるんですよ。ひやりとした新鮮な空気を吸うと、頭の中がクリアになって、一日が気持ちよく過ごせる。会社にも朝早く着くんですけど――空いた時間を使ってテーマパークさんへの新規提案を用意したんですよね。まあ、まだ提案段階だから受注出来るかは分かりませんけど、取れれば結構評判になるんじゃないかな。二年後か三年後、また来て下さい。きっとビックリするくらいの朗報をお伝え出来ますよ」

そう言う舞浜さんは妙に自信満々。

新規企画立案、提案活動中。ただし結果はかなり先――一応ノートにメモを取った。

だけど、もちろん二年なんて待てない。

明日にもグルメ課は消滅してしまうかもしれないのだから。


「うーん、数字かあ……」

次に訪れたのは口紅『月菓《つきか》』の企画リーダー、怜花さん。流さんが味醂のデザートを使ってインスピレーションを与えた女性だ。小さい頃、コニーさんのナポリタンのキスから生まれた『アマイロ』に影響を受けた彼女。

「『月菓』って、これからリリースなんだよ」

またか——そうだった、店頭に並ぶのは四月からだった。

奈央さんのイベントに引き続き、これも売上に繋がらない話。

ガックリと肩を落とすわたし。

「ねえねえ、それよりこれ見てよ」怜花さんはラッピングされた小さなケーキボックスをテーブルの上に置いた。「『月菓』のサンプル。外装も完成！　可愛くない？」

「——へえ、良いですね」

グルメ課をどうにか救わないと——そんな風に焦る中、少し心のオアシスにあり付いた感じがした。ほんの少しだけだけど、わたしもこの『月菓』に関わっている……

そう考えると気分が徐々に上向きになって来る。

ふふふ、とニヤけながら箱をオープンする怜花さん。入っていたのは、綺麗にラップされた、グリップの短い口紅。まるでビビッドなチョコレート。キャンディのような透明感があるものも混じっている。十二本、見た目からそれぞれ違う〝色〟がある。見るからにスイーツ。出来栄えは上々。自信たっぷりな怜花さんの表情も頷ける。

「あとはこの『月菓』とコラボしてくれるスイーツショップなんだけど……まだ全部は決まってないんだよね。残すところあと三店舗、そこが詰め切れてないの。あとはこれを置いてくれるスイーツショップももう少し声かけしたいし。まだまだハードルありって感じ」

販売戦略は着実に進行、ただし色々課題有り――わたしはノートにメモを取る。

だけど、そう言う怜花さんの声は明るかった。

「ま、絶対どうにかするつもりだよ――あ、これあげる。使ってみてよ。それからさ、今度みんなで飲みに行こう、あのビンテージ日本酒のお店。ご馳走するって約束だし、それにわたし日本酒大好きなんだよね。この前は味醂しか飲まなかったから、後悔してたりして。平安時代のレシピの復刻酒とか、なんで飲まなかったんだ！　って」

わたしはサンプルを数セット貰い、その場を後にした。

でも、これが店頭に並ぶ頃には、課は無くなってしまっているかも知れない。

疲労困憊《こんぱい》、満身創痍《そうい》。全力を尽くしてみたものの、結局、諮問会議で戦える材料は、何一つ手に入らなかった。

やっぱり数字らしい数字は出てこない。何ヶ月か、何年か待てば、ひょっとしたら売上に繋がるかも知れないけれど、今すぐにこれと言った数字は出て来なかった。

それに、結果が上手く出たとしても、その何割がグループリソースメンテナンス課の手柄なのか、いくらの売上に貢献出来たのかは、やっぱり分からない――多分そうだ。

でも、一つだけ分かった。再確認をした。

この課に関わった誰もが楽しそうで、活き活きと働いている。

だから課は会社の役に立っているはず。直接的な売上は無くても、大きな売上にも勝るとも劣らない、立派な成果がある――

でも、もちろん誰もそんなことで納得はしない。

久保田経理部長も、事務総長たちも。

＊

結局、何も有効なものを持ち帰れないまま、わたしがグループリソースメンテナンス課に戻ると、静さんと流さんは、もうすでに部屋に居た。

何か情報を摑んだのかも知れないけれど——二人の表情が明るくないところを見ると、芳しくはないのだろう。二人とも、ぐったりとした様子でソファに腰掛けていた。特に流さんは寝そべるようにして横たわっている。

「静さん、コニーさんは？」流さんが言う。

「さっき連絡がありました。京月さんに会いに行っているらしいですよ」

前社長に会いに行っている——何を考えているんだろう。

コニーさんも静さんや流さんと同じように、夜奈村専務の弱みを探し求めて京月さんの所へと向かったのだろうか。そうじゃない事を祈った。

「直接？　結構遠くに住んでたはずだよね」

「まあ、近くはないですね。でも、完全に隠居の身分で、電話も通じないですし」

「何しに行ったのかな——まさか京月さんに泣き付こうって事？」

「さあどうでしょう。ただ、その可能性はあるでしょうね。何しろこれだけの一大事、ひっくり返す事が出来るとしたら権威ある人間しかいません。しかし、だとしてもダメ元でしょうがね」

「ねえねえ静さん、コニーさん何か言ってた？」

流さんの態度は相変わらず気だるそうだ。

「――繰り返してましたよ。『いつも通りに進めてくれ』――ああ、ひなのくん」

わたしがいる事に今気づいた様子。珍しく静さんがぼーっとしていたみたいだ。

お帰りひなのさん、と流さんもどこか心ここにあらずな感じ。声からもその不調がうかがえる。

「さて――というわけで三人揃ったので、報告会を始めましょう」

そう言って「まずは僕からお話ししましょうか」と静さんはゆっくり立ち上がった。

「――夜奈村孝太朗、六十一歳。モリタ食品専務。１９７７年に三ツ星商事へと入社。配属は生活産業事業本部、第一食品流通部。当時、まだ日本ではほとんど取り扱いのなかったキャビアやフォアグラ、トリュフ、それからツバメの巣などの高級食材の流通を担当。入社五年目の頃、それらを使った高級食材専門店のチェーン展開を構想し、それを社内ベンチャーとして実現させています。続いて、仕入れた食材を使った料理を出す高級レストランのチェーン展開に着手。レストランは東京銀座《ぎんざ》、大阪新地《しんち》、シンガポール、香港《ホンコン》、サンフランシスコ、ニューヨーク、パリ、ローマ。その後、社内ベンチャーとして立ち上げたセクションをそっくり引き連れて三ツ星商事と袂《たもと》を分かち、独立。夜奈村専務が四十八歳の頃ですね」

つまり、三ツ星商事の中にいながら別の会社を作って、やがてそっちの会社に移った、という事。そしてその作った会社というのが、今のモリタ食品。

「当初は社長でしたが、後継者を育てるという名目から、六十歳を境に自身を専務の位置に配置し、社長に助言をするという会社経営スタイルにシフト——実質上、権力はほぼ全て夜奈村専務の手にあると言って良いでしょうね」

「矢面《やおもて》に立つのは別の誰かさん、か——それで静さん、弱みになりそうな話は？」流さんが姿勢を正した。

「二十五年前、都内に数店舗を展開していた高級洋菓子チェーンを三ツ星商事が買い取ったのですが、その買収を裏で操っていたのが、当時三ツ星商事の社員だった若かりし日の夜奈村氏。この買収のやり口が、結構グレーな方法だったわけです」

「……」雲行きが怪しい。

わたしは静さんの言葉を待つ。

「――まず、三ツ星商事はこの高級洋菓子チェーンと代理販売契約を締結。徐々に当該企業における三ツ星商事への卸しシェアを拡大。商社の流通経路を利用すれば、独自販売よりもずっと広範に商品を展開出来るから、洋菓子チェーンとしても随分助かったでしょうね」

この洋菓子チェーンから沢山お菓子を買って、それを三ツ星商事の販売ルート網を使ってたくさん売っていた、という事なのだろう。

「しかし、商品の大部分を三ツ星商事に卸すようになった段階で、この洋菓子チェーンからの買い付けをストップ。売れる見込みで山ほど菓子を作っていた会社側としては大ダメージです。菓子なんてそうそう長くは持たない。捌き切れないほどの量の在庫が、日に日にダメになって行く。モノと金の流れる蛇口《じゃぐち》を止めれば、当然相手企業は悲鳴を上げます。そして経営が立ち行かなくなった所で――」

「――乗っ取り、ですか」言ったのはわたし自身――不穏な言葉が口をついていた。

洋菓子チェーンは販売を三ツ星商事におんぶにだっこで任せてしまっていた。そのだっこしている人が手を離せば、地面に落ちてしまう。自分で落としながら、後で助ける――助ける前にしっかり報酬を要求して。

「その通りです。大分安く買い叩いた。その洋菓子チェーンは、今ではモリタ食品の傘下《さんか》。でも、これは夜奈村専務の弱みにはなりません」静さんは言う。

「だよねだよね。企業買収の裏にはそういう話は多かれ少なかれある。食われたくなかったら、もう少しクレバーに対外関係を築かないと。その洋菓子チェーンは、ちょっと脇が甘かった。これを取り上げて弱みとして突き付けても鼻で笑われて終わり」

そういう事です、と静さんはダブルクリップで留められた数枚のレポートをテーブルに放り投げた。「他にもあまり品質が良いとは言いがたい食品を、高品質を売りにしているレストランチェーンに卸し、わざと評判を落とすという事もやっていたみたいです。その後、評判が落ちたそのチェーンに支援の名目で資本提携を持ちかけ、すぐに子会社化。黒いと言えば黒いですが、それも脅しの材料になるようなものではありません。逆に言うと、現段階で分かっているのはこれくらい。一言で言えば、弱みらしい弱みは摑めませんでした。ここで時間切れです」

次は僕だ、と今度は流さんが立ち上がった。

データからのアプローチをした静さんは、有益な手立てを見つけ出す事が出来なかった。

人とのコネクションでアプローチをした流さんは――

でも、その表情は浮かない。きっと有益な情報が無いからなんだろう。

「結論から言うと、僕も残念ながら弱みの尻尾を捕まえる事は出来なかったんだよね。夜奈村専務の娘さんは1990年生まれの二十三歳で、現在は都内の一流国立大学の大学院生。で、来年からは化学系企業の研究員生として入社予定なんだって。父親の夜奈村専務が日立野さんを気に入っちゃったから、彼との結婚を父親から強く勧められる――だけど、これにはちょっとした背景があったみたい。専務としてこの縁談を推し進めたい理由がもう一つあったんだ」

「ほう、なんですか」静さんが聞いた。

「娘さんには動物カメラマンをしてる彼氏がいるんだってさ、まあ動物に限らず色々撮るみたいだけど。フリーだから当然生活は安定しているとは言えなくて、夜奈村専務はその事を毛嫌いしてるんだ。自分の娘が収入の安定しない人間と一緒になって苦労をするのが許せないんだって」

日立野さんを気に入った――それだけじゃなくて、今の娘さんの彼氏が気に入らない――だから、強引にでも日立野さんと娘さんをひっつけたかった。

それが夜奈村専務の本心らしい。

「おまけに動物をフィルムに収める為にアフリカとか南極とかガラパゴス諸島とかにも行くから、戦場カメラマンほどじゃないにしても危険、そんな所も気に入らない。

彼としては夜奈村専務と話をする機会を求めてて、娘さんからも何度もお願いをしてるんだけど、でも完全に門前払い——というのが娘さんに聞いた所」

「会って来たんですか？」

「会って、直接話を聞いて来たよ。日立野さんから貰った情報を頼りにしてね。ちなみに、そのカメラマンの彼氏が撮った写真と映像が——」

流さんはスマホでデータを送信した。送られて来たのは、写真のデータたち。

「それが、カメラマンの彼氏の仕事の一部」

ライオン、チーター、ゾウ、ワニ、アナコンダ——そんな猛々しい動物もいれば、犬、猫、鳥、イルカ、ウマ、メガネザル、クジラ、ペンギン——そんな愛らしく平和的な動物もいる。それに混じって——

最後の画像は、夜奈村専務の娘さん自身の写真みたい。頬杖を突いて、満面の笑顔。カメラの向こう側にいる彼に、レンズ越しに微笑みかけている——そんな写真だ。

幸せそうな一枚。彼の事が好きなんだろうと分かる、とっておきの一枚だった。

「で、情けない事に手に入れたのはそれくらい。娘さん絡みのスキャンダラスなネタでも見つかればと思ったけど、タイムアップ」

正直言えば、二人が夜奈村専務の弱みを見つけられないでいて、ホッとした。もし見つけていたら、そこから二人は弱みを突いていくストーリーを考える事になるだろうから。勿論、そんな事はやってほしくない。

でも、打つ手が無いのであれば、このまま課は消滅してしまうかも知れない。

これで流さんからの報告は終わり。

なら――

「――わたしからも良いですか」

立ち上がって声を出した。

二人は少し驚いた様子で視線を送って来る。まさかわたしが何かを持って来たとは思っていなかったみたい。

二人にレポートを配り、わたしは話を始める。

「――今配ったのは、わたしがここに来てからのグループリソースメンテナンス課の活動記録です。今日、この課がゲストにして来た人達に会って来ました」

ファッションアパレル部の松江奈央さん。

産業設備部の舞浜さん。

それから、コスメティック部の怜花さん。

「――たった三件ですけど、みんな目的に向かって頑張ってて、活き活きしてて――

多分それは、この課がゲストの悩みを解決するのに力を尽くしたからなんじゃないか、だから迷い無く頑張ることが出来てるんじゃないか、そう思っています」

「ひなのさん……」

こんなものを書き留めていたなんて――と静さんと流さんはわたしのレポートに目を通した。

書いたきっかけは、課を潰す為。だから、まるでちょっとしたプレゼントを貰ったような顔をされると、少しきまりが悪い。

穏やかな二人の表情――だけどそれは、次第に厳しい目になっていった。

「――ひなのくん、僕たちの活動に、一体いくらの価値を見出しましたか？」

「それは……お金には換えられません」

「悪くない回答ですね。だけど僕たちに今必要なのは、もっとずっとリアルなものです。売上であり、定量的な成果であり、そして何より、多額の損失を補填する何かです」

「でも、この課は事務部門です。売上なんて――」

「普段ならそれで通じるかも知れません。だけど今回は事情が違います。損失を取り戻さないと課は責任を問われてしまう。取引凍結による損害額は二億、それをどうにかリカバリしなくてはならない。仮に僕たちの活動に価格を付けるにしても、多額の損失と引き換えになるほどの働きをしてきたつもりはありません――それとも、このノートで事務総長や久保田部長たちを説得する自信がありますか。確かに、これは僕や流にとってはお金に換えられない、有り難い記録――でも果たして他の人が見たらどう思うか……」

「それは――」

間違い無く笑われて終わり。それはわかっている。

けど、自分に出来るのはこれしか無かった。

もう、出来る事は無い。

二億もの損害をどうにかする事なんて、わたしには絶対――

いや、一つだけやっていない事があった。

静さんはわたしの出したレポートをテーブルに戻し、立ち上がった。

「……時間はありません。だけどタイムリミットまではまだ半日以上、探せば別の何かが見つかるかも知れません。流、継続して――」

「待って下さい静さん」

わたしは静さんの言葉を遮った。

「コニーさんに連絡を取れますか？　やりたい事がもう一つだけあります」

ダメでも、やってみよう。

やっていない事――それは多分、わたしが考える、もっともこの課らしい事。

＊

夜。わたしと静さん、流さんは三ツ星商事の駐車場で待機をする。真っ向勝負だ。

手持ちの武器は――ほとんど素手。戦えそうな道具は無い。

今日の夜八時、取引凍結の件で夜奈村専務がうちに来る――そう日立野さんが言っていた。だとすれば、もうじき会議を終えて、この場所に戻って来るはず。

上手く行くだろうか。

上手く行かなくても、武器が無くても、わたしに出来る事はこれくらい。直接会って、話をする事――それだけだ。

「だけど、コニーさんよく許したね。結構大胆な話なのに」流さんが呟いた。

「『まあ、それが正攻法だろうね』と唸っていましたよ」静さんも呟いた。

まるで二人とも心ここにあらずな様子だ。多分これからやってくる大物に意識を集中しているのだろう。

午後九時。夜奈村専務が地下駐車場の社用車に乗ろうとする所を見計らい、わたしたちは車の前に立ちはだかる。「夜奈村専務。三ツ星商事総務部グループリソースメンテナンス課の山崎ひなのです。お話があります」

なんだねキミたちは、と運転手さんが車から出て来ようとしたけれど、夜奈村専務は「待て」とそれを制する。やること全てに威圧感が付きまとう人だ。

しかし、ここで圧倒されるわけには行かない。課をどうにかする為に。

「……この前の娘だな、なんの用だ」夜奈村専務はわたしに近づいて、言い放つ。

「少しお時間をいただけませんか」

「ご苦労な事だ。三ツ星商事との取引凍結を白紙に戻せと言いたいのだろうが──」

「夜奈村専務の娘さんに関する事です──わたしの話を聞いておかないと、一生後悔しますよ」

わずかに──夜奈村専務の表情が険しさを増す。

フン、と夜奈村専務は鼻を鳴らした後、言った。

「俺を憤慨させたのはお前だ。話があるというなら、お前一人だけ来い。後ろの怪しい二人はいらん」

「……わかりました」

「……ひなのくん、大丈夫ですか」静さんが心配そうな声を出している。

「大丈夫です。行ってきます」

わたしは、車に乗り込んだ。


三ツ星商事本社がある青山から、車で走る事二十分。辿り着いたのは台東区の浅草橋。

浅草と名前は付いているものの、浅草は地下鉄浅草線で二駅先。歩けば三十分。つまり、ここは浅草にあらず。でも浅草と同じく下町感溢れる町並みで、特に神田川沿いの船宿は趣あり。いくつもの大きな人形屋さんがお店を構えていて、アクセサリパーツの卸し問屋さんも多い。サラリーマンたちに混じって、ふらり散歩のカップルや子供連れの夫婦が下町問屋を賑わしている——そう、街じゃなくて町。

土地の名前と同じ橋、浅草橋から少し離れれば、東京スカイツリーも見える——勿論、見下ろすのではなく、見上げるような形になるのだけれど。

わたしが指し示した先にあるのは、ガード下のお店。

二匹のペンギンのフィギュアがエントランスに飾られているピザ屋さん——ピッツ

ェリアだ。お店の名前は『ゑんぞ PIZZERIA ENZO』。

「こんな所に連れて来て何をするつもりだ」

「ここで一緒に食事をとっていただけますか」

フン、と再び鼻を鳴らし、運転手さんに向けて言う。「近くの駐車場で少し待ってくれ。すぐに終わる」

わたしはお店の扉を引き、中に入った。カウンター席が七席くらいに、テーブル席は四席ほど。わたしたちはテーブル席に着く。

「夜奈村専務、エントランスに二匹のペンギンがいたの見ました？　あれとか、それから――あれを見て下さい」

わたしはカウンターの奥、キッチンを指さす。そこにあるのは、ブルーのタイルとシールの目で飾り付けられた、くじらがモチーフの石窯《いしがま》。

「あのくじらの石窯でピザとかサイドメニューとかを焼くんですよ。くじらにペンギン――だから、このお店に来ると、いつも海の中のレストランに来たみたいな気分になるんですよね。で、お客さんは人魚！　みたいな」

そう、ここはそんな想像を掻き立てられるような、可愛いピッツェリア。

「早く本題に入れ。時間の無駄だ」

ピシャリ、と叱り飛ばされた。

わたしは深呼吸をし、襟を正す。

上手く話せるだろうか。準備不足の付け焼き刃、このお店以外、武器も無い。

でも、やるほかない。もう一度深呼吸をして、口を開く。

「まず始めに、土曜日の失礼をお詫び申し上げます。それから今日こうしてお呼びだてしてしまった事も、待ち伏せをしていた事もすみませんでした」

「ふん」夜奈村専務は吐き捨てた。「日立野くんから聞いた。婚約者というのは嘘で、お前はサクラだったんだ、とな。まったく莫迦にされたものだ。偽りの婚約者を用意してまで……そこまでうちの娘が気に入らないとは」

「それは違います──日立野さんは娘さんの事をちゃんと考えています」

夜奈村専務の様子は──わたしの言葉を待っている様子。

少なくとも、わたしの話を聞こうとはしてくれているみたいだ。

「ところで夜奈村専務」わたしはわざとらしく話をそらした。「ペンギンが飛んでいる所、見た事あります？」

「関係無い話をするな。ペンギンは飛ばん」

「実は飛べるんですよ。娘さんの彼氏さんが撮ったものなんですけど──これです」

わたしはスマホの画面を夜奈村専務に向けた。

そこに映し出されているのは、夜奈村専務の娘さんの彼氏が撮った動画。

ディスプレイの中のペンギンたちは、水の中を飛ぶように泳ぎ回っている。

「ふざけるな。これは泳いでいるというんだ」

「でも、見方によっては水の中を飛んでいる——そう見えませんか？」

画面に映っているペンギンは、気持ちよさそうに水の中を飛んでいる。

フリッパーをはためかせて水面へと向かうペンギン、フリッパーを斜め後ろに伸ばして、水中を切り裂くように突き進むペンギン——その姿は、空を飛ぶ鳥そのもの。

「ペンギンは確かに空を飛べないけれど、誰よりも上手に水の中を飛ぶんです。彼らは空を飛ぶ事を捨てたわけじゃなくて、海の中を飛ぶ事を積極的に選んだ——それが自分たちにとって最も良い事だと思ったから。後ろ向きな選択じゃないんです。くじらも多分同じですね」わたしはくじらの形の窯を指さした。「くじらってほ乳類なのに、わざわざ水の中で生活して、しかも身体もあれだけ大きくて不思議ですけど、それがくじらにとって一番良い事だったから、積極的にそうしたんだと思います」

「何が言いたいんだ」

「日立野さんも同じ、って事です。あの人は娘さんとは結婚しないと決めた。でもそれは後ろ向きな選択じゃないと思うんです。日立野さんは、娘さんを一番幸せに出来る人に、その役目を任せた。その選択肢を積極的に選んだんです」

わたしは映像を切り替え、夜奈村専務に向ける。

画面に映し出されているのは、夜奈村専務の娘さんの笑顔。

幸せそうな笑顔でファインダーの向こうの彼を見つめる、とっておきの一枚。

「——娘さんが誰といる時に一番幸せそうにするのか、夜奈村専務も分かっていらっしゃるんじゃないですか」

「フン、上手くない説得だな」

「わたしの説得は上手くないけど、ここのピザは旨いですから、期待してて下さい」

夜奈村専務は「フン」ともう一度鼻を鳴らした。その表情は相変わらず険しい。

説得の手応えは——無い。

娘さんとカメラマンさんの仲を分かって貰って、日立野さんのことを分かって貰って、それで今回の騒動を取り下げて貰う——なんて、そんな甘い話は無いのだ。

「何を企んでこんな茶番をしているのかは知らんが、そんな話がしたいだけなら駐車場で済ませろ。わざわざ店まで来る必要は無い」

「話は駐車場でも出来ます。でも料理はお店じゃないと出て来ません——話は逸れますけれど、わたしたちグループリソースメンテナンス課は、そういう課なんです。お店の力を借りて、それで初めて成立する――だから、こうして足を運んでいただく必要がありました」

「茶番で人を説得か――ふざけた課だな。ハッ！　いかにも京月がやりそうな事だ」

「夜奈村専務にとってはふざけた課かも知れません。でも――」

わたしは鞄の中から箱を取り出した――それは、『月菓《つきか》』のサンプル。

「その口紅は、わたしたちグループリソースメンテナンス課がコスメティック部の人たちとアイデアを出し合って作ったモノなんです。お土産に持って帰って下さい。娘さんも奥さんも喜ばれると思います」

わたしは鞄の中から自分用にと貰った『月菓』を取り出し、眺めた。

カラフルな、チョココーティングされたような、甘い口紅。

我を忘れて見とれてしまいたくなるような、素敵な輝き。

「――この口紅を作ってる人たちは、本当に楽しそうに仕事をしてて――グループリソースメンテナンス課と一緒に食事をすると、みんな笑顔になるんですよ。わたしも今まで事務部門での仕事なんて楽しくないって思ってましたけど、この課に異動になって、課の人たちの仕事を見て――自分もこんな風に人の悩みを解決したり、人にやる気を与えたり、そんな仕事が出来ればって思うようになりました。でも、その課もわたしが夜奈村専務を怒らせたせいで、無くなってしまうかも知れない」

「それで泣き落としをしようというわけか――ハッ！　浅はかな話だ。課が潰れるなど日常茶飯事、むしろ会社にとっては組織の新陳代謝が無い方が不健全だ」

「でも、誰かが必要としている、それだけは分かってほしいんです。だから、無くしたくない」

「大昔にはな、お前の背丈ほどもあるペンギンだっていたんだ。だが今は絶滅。それでも何食わぬ顔で地球は回る。一つの課が無くなっても組織は回る。うちの娘に関する話だと思わせぶりに言うからついてきたが、結局辿り着く所はそこか――このわたしが莫迦だったというわけだな。くだらん時間を過ごした。支払いは任せるぞ」

「あっ、待って下さい……」

そう言って待つはずもなく――

聞く耳も持たず、夜奈村専務は店を後にした。

それから暫くして、料理が到着した。

一人で食べても、おいしい窯焼きのマルゲリータ。

焼きたてで、もちもちとしていて――

でも、二人で食べた方が、もっとおいしかったのに。

暫くしてお店のドアが開き、人が入って来た——静さんと流さんだ。わたしのテーブルまでやって来て、さっそくピザを食べ始めた。

「いただきまーす、んー、おいしいねこのピザ！　生地がすっごい良い！」

「こっちのリンゴ型のピザは——デザートですね。いただきましょう——ふむ、ゴルゴンゾーラとアイスと蜂蜜とピザ生地——これは嬉しい組み合わせだ」

流さんはいつも通りの笑顔。いつもは無表情な静さんも、言葉通りに嬉しそうな顔を見せている。

「これを食べないで帰っちゃうなんて、あの人ももったいないね。ほらひなのさん、あーん♥」

わたしは流さんが差し出したピザを口にした。

「ね、おいしいでしょ？」

「……知ってます」

「あ、そりゃそっか。ひなのさんが選んだお店なんだから、知ってて当然だね」

流さんは笑って頭を掻いて——

それから、真剣な顔をしてわたしに言った。

「ねえ、ひなのさん――嬉しかったよ。一生懸命課を守ろうとしてくれてさ」

彼の眼差しは、とても優しかった。

静さんも言う。「僕も感謝してますよ、ひなのくん」

「――前にも話したよね。僕らってさ、社員だった頃はかなりひどい手段で色んな情報を手に入れて、それで誰かの弱みを握って、結構無理矢理仕事に協力させたりしてたんだ」

静さんが言葉を引き取った。「小西課長は、そんな問題児である僕たちを拾って良い所を見出してくれた――つまりはそういう事なんだと、僕たちは思っています」

「そうそう、コニーさんの仕事を見て、なんか良いなって思ったりもして――だからグループリソースメンテナンス課の一番のファンは、僕と静さんの二人ってわけ。そんな課をひなのさんが守ろうとしてくれた」

「わたしも、同じなんです――静さんや流さんが他の誰かの悩みを解決している所を見て、いいなって思って――だって、下なんてバカにされてるうちの会社の事務部門で、これだけ人に喜ばれる仕事をしている課なんて、多分無いです。だからわたしは、この課に残っていて貰いたい。でも――」

気づくと——

わたしは、ピザを食べながら、泣いていた。

自分のせいでこの課が無くなってしまうことを思うと悔しくて。

課のみんなに迷惑をかけてしまった事を思うとふがいなくて。

そして、この課でもう働けないと思うと悲しくて。

それを慰める静さんと流さんと、料理の味が優しくて。

流さんは指でわたしの涙を拭った。

「泣かないでよ、ひなのさん」

わたしは最後のピザのひとかけらを飲み込んだ。

「でも……わたしのせいで課が無くなっちゃいます……」

そんな中——

静さんのスマホが鳴る。静さんはそれを手にお店の外へと出て行った。

しばらくして、静さんがわたしに〝来い〟のサインをお店の外から送って来る。お店を出たわたしに、静さんはスマホを差し出した。

「小西課長からです。少し話がある、と」

わたしはそれを受け取り、耳に当てる。

「……山崎です」

『あー、ひなちゃん？　お疲れさま』

コニーさんの声は明るい。沈んだ気分を軽くしてくれるような声だ。

「――そちらはどうですか、コニーさん……」

『残念ながら対策が練れたとか、そういう電話じゃないんだよね。ただお礼が言いたかっただけ、色々頑張ってくれてありがとう、ってね』

多分、夜奈村専務にこてんぱんにやられる事が分かっていたから、それで慰めの電話をかけてくれているんだろう。

「そんな……元々わたしが悪いんですよ……？」

『気にしない気にしない。でもまあ打開策は無いから、ピンチはピンチだけどさ。あ、静くんに代わって貰える？』

わたしは静さんにスマホを返した。静さんは暫くして電話を切り、わたしに言う。

「……今日はもう解散、明日に備えてゆっくり休むとしましょう」

流さんがチェックを済ませて出てくる。

そして、有効な手立ても無いまま、わたしたちは解散をした。

夜、わたしは自分が書き溜めた活動記録を眺め、彼らの行動が会社にとってどれだけの売上効果をもたらすはずのものなのか、それを再整理した。でっち上げの数値とでっち上げの理由にどれだけの根拠があるのか——そう問い詰められると、言葉に窮してしまう。だけど、無いよりかはずっと良い。

自分で描いた料理のイラストを眺めながら、一つ一つ思い出して——

たとえ意味が無いにしても、一笑に付されるにしても、何かをやらずに明日を迎える気にはなれなかった。

もう明日じゃない。時刻は午前四時。

諮問会議は、今日。

＊

諮問会議当日。場所は本社ビル三十七階、３７０１大会議室。ホテルの結婚式場のような広々とした荘厳な空間が、わたしの目の前に広がっている。

総務部長、人事部長、財務部長、法務部長、監査室長をはじめとした、総勢二十名の事務部門のお偉方さんたち。横に並ぶその姿は、随分威圧的で貫禄がある。

その中にはもちろん久保田経理部長の姿も。オールバックがいつにもまして鋭い。奥から順番に偉い人が列んでいて、一番奥に座っているのが事務総長――総務部や経理部などの事務部門を取りまとめる人だ。

対するグループリソースメンテナンス課は、コニーさん。そして――わたし。静さんと流さんは、三ツ星商事の社員ではないので、この場にはいない。それ以前に、朝から見かけていない。ひょっとしたらギリギリまで何かをしようとしているのかもしれないけれど――もうタイムアップだ。

今朝、久保田経理部長には『今日はグループリソースメンテナンス課のメンバーとして参加する』と伝えてある。勿論、『負け戦に参加して何もおとがめが無いとは思うな』と念を押されたけれど、それでもこの土壇場で経理部に付くわけには行かない。わたしが今回の問題を引き起こした張本人なのだから。

結局、わたしの手元にあるのは、貧弱なレポート数枚。グループリソースメンテナンス課がいかに人を助けて来たのか、それを金額に換算するといくらになる見積もりなのか――それをまとめたもの。この場で提出するにはあまりに心もとない資料。説得出来る自信も、根拠も無い。

でも、これとは別にもう一つ、わたしには切り札がある。

コニーさんはどうなんだろう。

「……コニーさん」わたしは小声で聞く。「策はあるんですか」

昨日の夜から進展があったとは思えないけれど、コニーさんにしても今日の朝は姿を見せていなかった。直前まで何かをやっていたようだから、ひょっとしたら何か対策があるのかも知れない——そう期待したけれど、コニーさんは肩をすくめた。

「ま、流れに身を任せるだけだよ」

その表情は穏やかだけれど、いつものような笑顔は無い。

コニーさんはきっと責任者として部下の管理不行届きを指摘され、どこかに飛ばされてしまう。廃課は決定的、だとしたら素直に謝って終わらせた方が良い——そう思っているのかも知れない。そして多分、そうするのが一番の正解だろう。どうやっても勝ち目など無いのだから。

今回の会議の最大の目的は、『損害と失態の責任を認めさせ、押し付ける事』——押し付けられるのは課の責任者、コニーさんなのだ。

全員が揃うと、久保田経理部長が立ち上がり、司会を始めた。

「みなさん、本日はお集まりいただきありがとうございます。この会の論点は二つ。グループリソースメンテナンス課の日々の浪費について。そして、生活産業事業本部、

第一食品流通部の損失の責任をグループリソースメンテナンス課としてどう考えているのか、その見解について。それではよろしくお願いいたします」

早速、壁のスクリーンにスライドが映る。

「まずはこの課の設立経緯から――」

京月さんが社長に就任したのが今から五年前。それと同時に、社長直轄のチームとして、グループリソースメンテナンス課が設置された。業務内容は三ツ星商事グループの設備や備品の調達、貸し出し、管理。

それまで各部署に任せていた資源管理を、一元的に行うことを目的に設けられた課である。社内には『自分たちのフロアの設備を他の課に管理させる理由が分からない』という反対意見も多数上がったが、設備の無駄遣いを把握する監査役という名目で、社内規則の改編が決定。

特殊なのは社長直轄である事。そして、特別予算枠を持った課である事。社長直轄である関係上、誰もこの課の詳細を把握していなくて、外から見えるのは割り当てられた予算を文字通り飲食費として食い潰している事実だけ。三ツ星商事内でも異例の課だということが説明された。

かいつまんで言えば、この課は治外法権的な異例の浪費課だった、という事。そして、そんな治外法権も、社長の代替わりで白日の下にさらされる事になった、という事。

「さて、ここで問題なのは、彼らに割り当てられたこの特別予算の用途。彼らは何に使っているのか――今年度上半期の、グループリソースメンテナンス課の経費の推移をご覧いただきましょう」

スクリーンにグラフが表示される。縦軸は経費の額、横軸は月。

課の使用する経費は、毎月十万円程度で推移している。

「次に、これがグループリソースメンテナンス課から提示された経費のうち、飲食費のみを積み上げた経費の推移グラフです」

現れたグラフは、先の全経費のグラフと完全に一致していた。

「ご覧の通り、予算の全てが会議費――要するに飲食費に消えており、毎月、約十一日分の領収書がやって来ます――つまり、月の営業日の半分は、会社の経費を使った食事会にいそしんでいるという事を意味しています」

会場内に失笑が沸き立つ。

確かに、今の話だけ聞けば呆れるほか無い。食べて飲んで無駄遣いをして経費を使い切っていますという事になるのだから。

場の風向きが課に不利な流れになり、ほくそ笑む久保田経理部長。

「しかも狡猾《こうかつ》なのが、この課は外部への業務委託を行い、その委託者を社外の人間に見立てて、会議と称して日々経費で食事をしている事。額は一人あたり三千円――平成十八年の法改定で五千円以下の交際費は全額損金扱いとなった為、彼らが使った食事費用には法人税はかからない――監査や税務署の目が光らない安全圏で飲み食いにふけっているのです」

三千円以内ならバレない――だから三千円以内で飲み食いをしている。

これも、ひんしゅくを買う話だろう。

「これはまたこざかしい真似をする」事務総長が苦笑いをしながら言った。

「いやいや、ハッハッハ。それほどでも――」コニーさんが頭をかいた。

「褒めていない。頭を掻くな」久保田経理部長がいなす。「――さて皆さん。この状況を踏まえ、彼らグループリソースメンテナンス課に対しての質疑応答を始めます」

事務総長が早速質問を飛ばして来た。

「小西課長、なぜキミらはこんな私腹を肥やすような真似をしている？」事務総長が切り込んでくる。

「ええ、京月前社長にはこの特別予算枠、有意義に使えと言われておりまして……」

「ハッ！　有意義に使い過ぎだろう！　反省の色が見えんぞ、小西課長」

「ん、失礼しました」

矢継ぎ早に「なぜこんなものを現社長が見逃しているのだ」「知り合いを誘って食事をしているのか」「誰が始めたのか」「いつから始めたのか」と問いが飛んでくる。

その都度都度、適当な答えとも言えない答えを返して誤魔化そうとしているコニーさん。でも、当然誤魔化せるわけもない。

分かってはいたけれど、あまりに分が悪い。

でも、このままやられっぱなしでいるわけには行かない。

とにかく、立ち向かおう。

「あのッ！」わたしは声を上げた。「――グループリソースメンテナンス課の山崎ひなのです。経理部から、無駄遣いの実態を摑む為、監査の目的でチームメイトとして一緒にこの課で働いていました。確かに、この課は端《はた》から見れば浪費課に思えるかも知れないですが、それだけではありません」

わたしは手元のレポートを場の全員に配布する。

「――グループリソースメンテナンス課は会社のお金で食事に行きますが、他の部の、悩みやトラブルなどを抱えている社員を連れて行くんです。それで、食事をしながら彼らの抱えるトラブルを解決しています。その後、その社員たちは、それまで以上に活発に業務にいそしむようになっている、それをこの目で見てきました。壁にぶつかっている社員をサポートする事で、結果として会社の売上に貢献している——勿論具体的な数字はありませんけど、それでもこの課の存在が間接的に果たしている役割は大きいと考えています」

場の空気は——

だからどうした、と言いたげな様子で、わたしのレポートをアッサリとテーブルの上に突き返していた。誰も真剣に読もうとはしていない。

「と、うちの——元経理部の山崎は言っております」久保田経理部長は言う。「まあ、内部を見てきた人間からすれば、良い所悪い所両方伝えないと不平等——そんな思いはあるでしょう。確かに、彼らの活動も一端は良い所があるのかも知れない。しかし、それをこの課が敢えてやる必要は無い。食事会で景気づけなど誰にでも出来るし、社の予算を使わなくても出来る」

その通りだ、と面々が口にする。

ダメだ、完全に軽くあしらわれてしまった。

だけど、〝誰でも出来る〟という言葉には反論しないと。

でも、言葉が出て来ない。

久保田部長は話を再開した。「会社の経費で飲み食い――仮にそれを百歩譲って良しとしても、一つ大きな問題が残ります。そう、今回のメインディッシュ、モリタ食品との取引凍結の話です。今の山崎のレポートからすると、第一食品流通部の社員、日立野淳が抱える問題を解決しようとしてこじらせた――それが事の真相でしょう――違うか山崎」

そう、この質問――

カードを切る時だ。

ここで『今回の一件はわたしの独断行動だ』と訴えれば、少なくともモリタ食品の夜奈村専務との確執はグループリソースメンテナンス課には無関係になる。だって、わたしが日立野さんと二人で夜名村専務と会ったのは土曜日、勤務時間外だ。

それを全面に押せば、課の責任は回避出来るかも――

「いやー、ハッハッハ、ひなちゃんはうちの課の一員として頑張ってくれましてね」

「え!?」

コニーさんが気楽に笑いながら答えた。

そんな……わたしを無関係の部外者だとする事が、唯一の逃げ道のハズなのに。

「……ひなちゃんが自分で罪を被ろうとしても、どうせ僕の管理不行届きを指摘されるだけだよ。それに、グループリソースメンテナンス課の為に精一杯やろうとしてくれた事は事実でしょ？」

「でもコニーさん……」

嬉しいけど、それだと本格的に道が無くなってしまう。

やっぱり切り出さないと……

と、そこでコニーさんが真剣な顔で続けた。「……逆に、それを切り出されるとこちらが一層立場が悪くなるんだ。だから、もし『わたしの行動は課と無関係』なんて言おうとしてるなら、それは言わないで頂戴」

どういう事だろうか。

だけど、それを聞いているような余裕のある状況じゃない。

久保田経理部長は獲物を捕らえたような顔になっている。

「と、なれば、つまりはグループリソースメンテナンス課の活動の一環から生まれた問題だと言う事。普段の浪費も看過しがたいが、こちらは情状《じょうじょう》酌量《しゃくりょう》の余地無しの大惨事。損害額は売上で換算するとおよそ二億」

お偉方さんが問いかけてくる。「まさか、『部下が勝手にやった事』と責任逃れをする気は無いだろうな、小西課長」

「ま、課のメンバーが何らかの問題を起こしたのであれば、それは全てグループリソースメンテナンス課の長、つまり僕の責任です。言い逃れは出来ないですし、するつもりもありませんよ。彼女はうちの課の人間ですから」

コニーさんはやっぱりヘラッとした様子だ。

本当に、何を考えているのだろう。作戦があるような風には見えない。

「ではその責任について委細を聞いて行くとしよう」事務総長が睨みを利かせた。

まずはわたしから概要を、と久保田経理部長。

「――先週の土曜日、十六時。モリタ食品夜奈村専務から生活産業事業本部長へと第一報が入りました。内容は『三ツ星商事からの原料、機材、その他の買い入れの凍結』、それから『三ツ星商事に対しての食品卸の凍結』――つまり、『当面のところモリタ食品は三ツ星商事との売買契約を停止する』と通達が来たわけです。被害は生活産業事業本部にとどまらず、およそ全ての事業本部。多かれ少なかれどこもダメージを受ける事態となりました。とりわけ、第一食品流通部は先日提出した予算案の再編、差し替えをするほどのインパクト――現在、対応に追われています」

つまり、お客さんのエラい人を怒らせて『もう三ツ星商事からは買わんぞ』と言わせてしまったという事。

　そもそもの事の発端は一人の青年――と、日立野さんの名前が挙がり、夜奈村専務とその娘さん、と関係者の名前が挙がった。勿論、わたしの名前も。

「今回の一件はプライベートな問題を多分に含んでいます。ですが、ビジネスパートナーが関係する以上、細心の注意を払う必要があった。しかも相手は専務、下手を打てば命取り。現に、ごらんの通り我が社は大打撃――目も当てられない状況です」

「浪費だけに飽き足らず、驚天動地のトラブルメイキング。呆れてものも言えんな」

とお偉方の一人が言う。

　久保田経理部長は「まったくです」と言い放ち、グループリソースメンテナンス課の組織図を壁に映した。

「――経理部の調査によると、小西課長配下で動いている業務委託の二名は、元は三ツ星商事の社員。二人とも、巨大プロジェクトを失敗に導き、辞表を提出するに至った問題児――そんな連中がいる課がまともなはずがありません」

「そんな彼らをまとめる僕自身が、ちょっとアレな人間ですからねえ、あっはっは」

「だから笑うな小西」久保田経理部長が言う。

「……コニーさん、ひょっとして久保田経理部長とお知り合いですか」

「……クボちゃんとは同期なんだよね。腐れ縁というかなんというか」

そういう事らしい。この課が使うのは月に十万円の飲食費——たった十万円、とは言わないけれど、会社全体からすればもっと他に削減出来るものがあるはずなのに、敢えて久保田部長がこの課にターゲットを定めたのは、コニーさんとの個人的な確執があったからなのだろう。

「何をぶつくさ話している」と、久保田経理部長。「——さてみなさん。グ、ル、メ、課の実態と今回の問題の全貌はおおむね摑めたかと思います。日々、社員が稼いだ金で浪費を繰り返し、挙げ句、社に大打撃を与える不始末。そこで、課の廃止と小西課長の処分を提案します」

ついに、久保田経理部長の口からその言葉が出た。

「確かに。どう考えても存続のメリットは無い。百害あって一利無しだ。総務部として、今回の大惨事の責任の所在を明らかにし、然《しか》るべき対応をしなくてはならない」

と、言うのはまた別のお偉方。

まったくだ、と場の空気は完全に統一されている。

揺るぎない様子——完全に出来レースの予定調和。

工場のベルトコンベアーで、手順通りに処理されているような気分になってくる。

「日々の浪費も看過しがたいが、何より二億の損失だ。これをどうにか出来るだけの力は、グループリソースメンテナンス課どころか事務部門一丸となってもない。キッチリと責任を取って貰うぞ、小西課長」

「勝負ありだな、小西」久保田経理部長が言う。「もうグルメ課は社長直轄じゃない。京月さんの後光はさしていないんだ。その事を忘れるな」

「その京月さんなんですけどね――」

コニーさんが不敵な笑いを浮かべた。

「――昨日会ってきましたよ。相変わらず元気そうでしたね」

ピクリ、と場のメンバーが固まった。明らかに警戒をしている。

グループリソースメンテナンス課が前社長の肝入りで作られた――という事は前の社長が味方に付いているという事を意味している。

もしかしたら元社長の後ろ盾でひっくり返されてしまうかも知れない――そんな思いが頭をよぎっているような空気が辺りに広がった。

万が一今回の件で課の責任が問われないとしたら、別の誰かがそれを被る事になる、それを警戒しているのだ。

「……何を話したんだ、言ってみろ」事務総長が鋭い声を飛ばした。

「ま、世間話ですよ。『そう言えばグループリソースメンテナンス課、無くなりそうなんですよね』なんてちょっと伝えてみましたらね、大笑いしてましたよ京月さん。いやーさすが元社長、器が違う。こっちはてんてこ舞いの右往左往ですけど、全然余裕綽々なんですよねー。で、大笑いして『ついに締め付けが来たか！』って。それでその後——なんて言ったか知りたいですか？」

「もったいぶるな、小西。早く言え」

「分かりましたよ、もうぅ……そんな大声出さなくても」

事務総長たちに緊張が走っている。

「京月さん、大笑いしてこう言ったんですよねぇ——『そんなもの、上に責任を取らせれば良いだろう！　俺が話を通しておいてやる！　小西、好きな奴を選べ！　何人でも構わんぞ！　じゃんじゃか切るッ！』」

「何だと！」お偉方さんたちが一斉に吠《ほ》え、身を乗り出した。「そんな莫迦な！」

「——なーんて、そんな莫迦な話は無くってですね。『隠居の俺には手が出せん。ここで潰れるならそれまでだぞ、小西』って、真逆の事言われました」

取り乱したお偉方たちが揃って着席をして、ふぅと息を吐いた。

「くだらんブラフをするな!!」

「失礼失礼、いやーでも随分大げさに反応してくれましたね。なかなか見応えがありましたよ、アッハッハ」

この状況で上の人をからかうなんて。

でも、それで一層立場が悪くなるような気がする。どう考えても得策じゃない。

「しかし、京月前社長に泣き付きに行って返り討ちに遭うとは無様だな、小西」

「別に泣き付きに行ったわけじゃないんですけどね。ま、恩赦を掛けて貰えなかったというのは事実です」

京月さんはこの課の一番の味方のはず。京月さんと夜奈村専務の仲が良くないにしても、京月さんからの援護射撃も無いなら、本格的に諦め時なんだろう。

「さて、余計な話に脱線しましたが、課の廃止とその課の長である小西課長の処分、これに反対する方は挙手を」

久保田経理部長は会議室全体に聞こえるように問いかける。

当然、誰も手を挙げる事は無い。

「さあ、申し開きをするなら今のうちだ。何か言っておきたい事はあるか？」

待って下さい、損失の責任の所在はわたし——わたしは手を挙げる——

けど、それをコニーさんが抑えた。

「――そうですね、もし課が問題を起こしたのであれば返す言葉も無いですよ。日々の浪費と言われている食事会についても、社に貢献していないというのであれば、それも僕の責任です」

「なら、どう責任を取るつもりかね」

「その前に、問題の所在を明らかにしましょうか。みなさんが問題視しているのは、『稼ぎが無いのに浪費をしている』という点と、『三ツ星商事の売上を激減させた』という点、それでよろしいですか？」

「その通りだ」

「分かりました。その二点の責任を取りましょう――」

それはつまり、廃課を認めるという事。でも、それだけじゃなくて、コニーさんはそれなりの処分を受ける事になる――

と、その時。

――コンコン――

会議室の扉が軽快なノックの音を立て、開いた。

「失礼します。グループリソースメンテナンス課の響静です」

「今は取り込み中だ。後にしてくれ」

「いいえ、先ほどグループリソースメンテナンス課の小西課長が『責任を取る』という話をしていたかと思いますが――これから、まさにその責任を取らせていただこうかと思いまして」

突然の静さんの登場――何をするつもりなのだろう。

コニーさんに責任を取らせる――その為に現れたとすると……

静さんは――わたしに向かって歩いてくる。

……わ、わたし？

そして、会議室にいる全員に聞こえるように、言った。

「山崎さん――モリタ食品の夜奈村専務とテレビ電話が繋がっている。キミと話がしたいらしい」

「え⁉」

心臓が跳ねる。一体どんな用事が？　昨日の説得が通じたとはとても思えないし――まさか、さらに被せて怒らせてしまったから、追加の報復とか？　取引の凍結だけじゃなくて、永久取引停止とか？　あの小娘を解雇しろ！　とか⁉

「一体どういうことだ？　夜奈村専務とテレビ電話が繋がっているとは――」

静さんは部屋のプロジェクタとタブレットＰＣを接続した。

会議室の奥のスクリーンに、夜奈村専務の姿が映し出される。

会議室の面々はざわめいている。

『──オホン──静かにしてくれ。そっちの声はもうこっちに届いているぞ』

夜奈村専務の一言が、辺りを静かにさせた。

スタンドを取り付けたタブレットPCが、わたしの前に置かれる。映っているのは険しい表情の夜奈村専務だ。

一体何の話があるというのだろう──焦りが募る。

足が震えて汗が出て来た。

だけど、静さんの表情は明るい。ニコリと微笑み、言った。

「──大丈夫ですよ、心配は要りません」

そう言われても、不安しか募らない。

わたしは恐る恐るモニターに向かって話しかける。

「あの……夜奈村専務、昨日は失礼しました」

『まったくだ。地下の駐車場で待ち伏せて、突然押しかけて来て──うちの娘まで出《だ》汁《し》に使って。不届きにもほどがある。謝って済む問題では無い』

「……申し訳ございません」

『真っ当な社会人であればあり得ない行為――これについてはしっかりとクレームをつけるべきだろうな。我が社として』

「……クレーム……!!」

顔から血の気が引いて来た。膝が震えてしまっている。

取引凍結に加えて、クレーム。

しかも今回のターゲットは、正真正銘グループリソースメンテナンス課だ。

「おい山崎、お前また何かしでかしたのか……！」久保田経理部長が立ち上がり、声を飛ばして来た。

「夜奈村専務は『静粛に』と申されておりましたが」と、静さんが抑止をする。

舌打ちをしながら久保田経理部長は腰を下ろした。収まりは付いていないみたいだ。

それはそう――昨日の話は事務総長をはじめ誰も知らないのだから――グループリソースメンテナンス課と夜奈村専務以外は。

モニタの夜奈村専務は、険しい顔をしている。

『プライベートな話に口を出してきた事も看過する事は出来ん。しかも説教まがいの話までして――自分の娘と同世代の人間にあれこれ言われるのがこれほど腹立たしいとは思わなかったぞ』

「……」なんて言葉を返せば良いんだろう。

絶望的過ぎて頭が回っていない。

とりあえず、謝ろう……

『ただ、それだけ若い娘同士だから、何か通じるモノがあったのかも知れないのだがな――』

娘同士。どういうことなのか――

専務は、デスクの上に置いてあったレポートを手に取ってカメラに向けた。

『こいつはキミの書いたものだな』

夜奈村専務が手にしているのは、わたしの書いたグルメ課の活動レポート。

「え、ええ……」

『――『月菓《つきか》』というのは、昨日のこれか』

画面の中で、夜奈村専務が口紅を手に取って眺めている。昨日わたしが渡した『月菓』のサンプルだ。

「……そうです」

『娘が随分気に入っていたよ。それから妻もな。〝高級スイーツショップとコラボをして、ココブランドの口紅『月菓』を高級スイーツとして展開〟――わたしとしても、このアイデアが気に入った。是非モリタ食品で取り扱いたい』

「え……？」

会議室も、再びざわめきだした。

『このレポートによると、十二のスイーツショップと提携するつもりのようだが、まだ三店舗決まっていない、とあるだろう——そこに一枚かもうと思っていてな。うちは高級スイーツショップチェーンをいくつか抱えている。それこそこの口紅を置くのにふさわしいショップをな。つまり、ビジネスパートナーとして手を組もう——というわけだ』

これは——

きっと、今日、三人はわたしのレポートを持って、夜奈村専務の所に行っていたのだ。専務に、この企画を売りに行った——

静さんが会議室に向けて言う。

「——そういう話です。この『月菓《つきか》』は、三ツ星商事コスメティック部が海外高級化粧品ブランド、ココと提携をして作り上げた口紅。それを高級スイーツ店に置いて売って行こうというのが、グループリソースメンテナンス課、山崎ひなのくんのアイデア。そこに、夜奈村専務がお目を付けた——」

そして静さんはわたしに向き直る。

「さて、ひなのくん、ビジネスパートナーとして提携するなら、こちらからも条件を出す必要があります。言ってみて下さい、キミからの条件を」

条件……？　突然そんな事言われても……

でも、これが課を救う命綱なことは確か。考えるんだ。

まず、静さんは責任を取ると言って出て来た。取るべき責任は『稼ぎが無いのに浪費をしている』事と、それから『三ツ星商事の売上を激減させた』という事。

とすると、その責任を取る事が出来るはず。夜奈村専務がテレビ会議でこちらにコンタクトを取っている事からも、それが言える。話は通っているに違いない。

答えは一つ――こちらが出すべき条件は、三ツ星商事との取引凍結をやめて貰う事。

そう、これは純粋に演出――久保田経理部長や事務総長たちに話がまとまる所を見せる為のデモンストレーションで、パフォーマンス。

――よし、大丈夫。

「夜奈村専務、こちらからの条件を言います。三ツ星商事との取引凍結――」

事務総長をはじめ、ズラリと列ぶ偉い人たちが固唾《かたず》を飲んでいる。

と――

「オホン」

静さんがまるで何かのサインみたいに咳払いをした。見ると、二本の指を立ててこちらに視線を送って来ている。

——ちょっと待って——

わたしは言葉を飲み込み、と思いとどまった。

そう——責任が問われている問題は、二つ。

取引凍結の撤回だけを解決しても、課の危機は相変わらず。

わたしたちが取るべき責任は、二億の損失を補填する事だけじゃない。日々の浪費に対してもおとがめを受けている。だから、それもどうにかしないと、課の危機は相変わらず続く。

だとすれば、それも合わせてどうにかしないと、廃課の危機はまだ残ったままになる。取引凍結を解除して責任を回避しても、会社としては日々の浪費を理由にグループリソースメンテナンス課を取り潰そうとするはず。

それもどうにかすべき。でも、どうすれば——

いくら課が『月菓《つきか》』や販売戦略のアイデアに協力したと言っても、実際の取り扱い部署はコスメティック部。別に会社としてグループリソースメンテナンス課を残しておく必要なんて無い。課が無くても、取引は直接出来るのだから。

でも、だとすると——

よし、言ってみよう。

「……夜奈村専務、こちらからの条件を言います。一つは、三ツ星商事との取引凍結を撤回して下さい」

『ふん、当然そう来るだろうな——』

「それからもう一つ、『月菓』を三ツ星商事コスメティック部から買わないで下さい」

『——どういう事だ？』

「モリタ食品さんは、『月菓』をグ、ル、ー、プ、リ、ソ、ー、ス、メ、ン、テ、ナ、ン、ス、課、か、ら、買う。それ以外からの卸しを受け入れない。もちろんうちのコスメティック部からも！」

「へえ、そりゃ良い！」コニーさんが言葉をこぼした。

「なんだと!?」声を荒げたのは久保田経理部長。

『ハハハ、そう来たか！　こざかしい！』

少し勝手なことを言い過ぎたかも。でも、怜花さんには『月菓』に関する大幅な権限が委譲されているし、それに、怜花さんとしても残りの店舗を早く決める必要がある。この話は悪い話では無いはず。販売経路をねじ曲げる事なんて出来るのかどうかわからないけど、これが通れば、契約を楯《たて》にグルメ課が存続出来る。

コニーさんに視線を送ると、笑顔で頷いている。

よし、コニーさん的にはオーケーだ。

あとは——

豪快に大笑いをする夜奈村専務。果たして——

『——良いだろう。そちらの化粧品部門を説き伏せる事が出来るなら、文句は言わない。二つの条件を飲もう。朗報を期待しているぞ』

ぷつり、という画面オフとともに、テレビ電話はそこで終了。

場は、完全に静まり返っている。

事務総長をはじめ、その場にいる全員が、言葉を失っていた。

かたまって、動けないでいる。

そんな事務総長たちの後ろから、静さんが会議室の面々に資料を配り始める。

「——そちらがモリタ食品さんから提示されている契約条件となります。今現在うちのスタッフがコスメティック部の『月菓《つきか》』販売責任者と調整中ですが——」

「ちょっと待て！」そう言うのは久保田経理部長。立ち上がってわたしたちに向けて吠える。「事務部門を中継《リレー》して企画営業の商品を発注など、そんな商流は聞いた事が無いぞ！」

「確かに！」コニーさんが頷いた。「新入社員らしいアクロバティックで柔軟な発想ですよねえ。非現実的で想定外。自由で奔放《ほんぽう》！　もちろん前例も無い——なら、うちの課が作りましょうか、前例を。世の中、聞いた事あるものしか無かったら、ちっとも面白くないですからね」

「それだけで話が済むか！　コスメティック部の連中の許可も無しに勝手に話を進めるとは！　アイデアが誰のものであれ、取扱部署はコスメティック部だろう！」

と、コニーさんの胸元のスマホが震えた。

いきり立つ久保田経理部長をよそに、コニーさんはスマホの着信を取る。

「あ、もしもし流くん、そっちはどう？　あーよかったよかった。上出来だよ——」

通話を切るコニーさんの表情には、安堵《あんど》の色。

「今、僕の所のスタッフから連絡がありまして、コスメティック部はモリタ食品さんからの条件を了承してくれたらしいです。ま、商品をリレーして販売する事についてはこれから説得になりますが、コスメティック部としても背水の陣、『マッチする高級スイーツショップが見付からない』と焦っていた中でこの話が来たなら渡りに船。うちを経由してしか売れないなら、拒絶する理由がありませんよ」

「むー―」

今まで敵対の色しか見せていなかった事務総長の態度が、わずかに和らいだように感じる。彼にしても、自分の配下の課が問題を起こしたとなれば責任を問われる――だけど、この大事件を解決するなら、一層株を上げる事になる。悪くは思っていないはず。おまけに、コスメティック部の為に販路を切り開くならなおさら。

課を潰したいという気持ちは変わらないにしても、潰すのは得策じゃないとも思っているに違いない。

一気に逆転ムードだ。

コニーさんは自信ありげに大会議室の前へと歩いて行く。

「グループリソースメンテナンス課からの条件は、三ツ星商事との取引額を据え置きにする事、それから『月菓《つきか》』をうちの課から購入する事。これが成立すれば売上は元《もと》鞘《さや》、それどころか追加の発注も生まれます。もっとも、うちの課として『月菓』の売上の上前をはねることは出来ないでしょうから、課としての売上はゼロですけど、販路を開拓したのは僕たち。つまり、間接的に利益を出していると言えるでしょう――それでもご不満なら、たかだか月十万円のマージンを取るように調整しますが」

フロアの前、演説壇上に辿り着いたコニーさんは壇上に『ダン！』と手を突いて注目を集めた。

「――この課を潰して多大なる損失を被《こうむ》り、総務部として、ひいては事務部門として、その責任を全社から追及される立場となるか、課を存続させて社にさらなる利益をもたらす立役者となるか――プロの商人《あきんど》なら、こんな簡単な損得勘定を見誤る事は無いでしょう！」

「ぐ……小西、貴様……」

「もっとも、みなさんが『この失注の責任を取ってでもこの課を潰したい』というのであれば話は別ですけどね。ああ、モリタ食品さんとのやりとりはご覧の通り公開したわけですから、知らずにグループリソースメンテナンス課を潰したという言い訳は通じませんよ」

コニーさんは不敵に笑い、久保田経理部長に視線を送った。

「さてみなさん、このおいしい仕事――ひょっとして食べ残しちゃいます？」

※本書記載の情報はすべて2013年12月現在のものです。
※本書記載の情報は変更になる場合があります。

終章★★★
山崎ひなののおいしい仕事

時刻は朝七時。スーツを着て、鏡を見る。

いつものわたしの顔だけど、映っている表情は少し違う。晴れやかな顔だ。

心機一転、今日から再び経理部での仕事が始まる。今まで面白くないと思っていた事務手続きの中にも、何かきっとやりがいを見出せる——そんな気がする。会社の数字が見られる場所に居るなら、それを使って誰かの為になる事だって出来るはず。そう、経理部はお給料の計算だけをする場所じゃないのだ。

結局グルメ課は売上を上げたと見なされ、社に貢献しているという理由で当面のところの存続が決定。日々グルメ課が使用している会議費についても、監査役であるわたしの証言を根拠として、『社に貢献する、彼らの業務に必要なもの』と結論が下されたのだった。

勿論、あの場に居た人たちは課を潰したがっていたわけだけど、それをしたら損失の責任は事務総長たちに移ってしまうので、事務総長や久保田経理部長も歯ぎしりをしながらも認めざるを得なかった、という事。

ところで夜奈村専務が取引凍結を撤回したのには、勿論ちょっとしたわけがある。

コニーさんの話によると、今はまだ公に出来ないけれど、モリタ食品さんでは〝自然食を軸に人の『美』を内側からサポートする〟というコンセプトで立ち上げている事業があるらしくて、それを今後拡大して『美』をトータルでコーディネイトする計画が上がっているのだとか。京月さんの所でその機密情報を仕入れたコニーさんは、わたしの活動日報を手に夜奈村専務の元へと足を運んだらしい。

『月菓《つきか》』のコンセプトと戦略に興味を示した夜奈村専務は、三ツ星商事コスメティック部と繋がる事を計画する為、取引凍結を撤回した――まあ、その背景には、夜奈村専務の奥さんと娘さんが、『月菓』を随分と気に入った、という背景があったりするのだけれど。

コニーさんがずっと言っていた『いつも通り』というのは、『いつも通り、相手の抱えている課題、問題を解決する為に策を練る』って事だったみたい。

わたしはそんな今回の立役者、『月菓』を唇に塗る。

んー♪　自然な甘さ。

朝から気分がウキウキとして来る。

久しぶりのルージュ――この小さな一粒が、課の存続を決定付けたのだ。

ちなみに。

夜奈村専務としてはやっぱり日立野さんと結婚させたかったみたいだけど、これはっかりは当人の問題、なかなかスッキリしないもの。でも、カメラマンの彼が撮った写真をわたしに見せられたせいで、『今度一回、娘の彼氏とやらに会ってみるとしよう』なんて事も漏らしていたのだとか。なんだかんだ言って、あの人も人の親、という事なのだろう。娘さんに幸せになって貰いたいってわけ。夜奈村専務の弱点は娘さんだったのだ。

グループリソースメンテナンス課と夜奈村専務の最初の打ち合わせは、あのわたしのお気に入りなピッツェリアでやるらしい。どうやら夜奈村専務は、娘さんに随分叱られたみたいだ。『あの店の料理を食べないで出て来るなんてもったいない！』。食品メーカーの重役の娘さんだけあって、色々食べ歩いているから、あのお店の事も知っていたらしい。

残念ながら、経理部に復帰するわたしはそこに参加することは出来ないけれど――

まあ、冷やかしに遊びに行ってみよう。

最後に少しでもグループリソースメンテナンス課の役に立てて良かったと思う。

昨日は久保田部長を敵に回した形になってしまったけれど、それについては謝って、これから仕事でカバーをする事に決めた。

さあ、頑張ろう。


と、意気揚々と会社に行ってみたものの――

「……久保田部長、わたしの席が完璧に無くなってますけど……」

三ツ星商事、八階。経理部には、わたしの席は完全に無くなっていた。

壁に貼ってある座席表にも名前が無い。

それに答える久保田経理部長の顔は、険しい。

「当たり前だ。お前を経理に置いておくより、グルメ課に置いておいた方が双方の為になる。だから本格異動だ」

「えー！」

せっかく経理部で頑張ろうと心を決めたばかりなのに。

いきなり出鼻をくじかれた気分。

どうやら人事部長にネゴを取り、わたしをグループリソースメンテナンス課に押し込む事にしたらしい。

「俺に恥をかかせた罪は重いぞ――それにしても小西の奴……」

そういえば、コニーさんと久保田経理部長は同期の腐れ縁だっけ。とすると、やっぱりわたしのグループリソースメンテナンス課配属は、久保田経理部長の個人的な思い入れのせいもあるらしい。

「昔からあいつには煮え湯を飲まされて来た。今回こそ捕らえたと思ったんだがな」

そう言いながらも、部長の顔はそれほど悔しそうじゃない。ほんの少しだけ笑っているような――化かし合いを楽しんでいるような、そんな様子にも感じられる。

わたしがまじまじと部長の顔を見ていると、それに気づいたのか、部長はキリリと顔を引き締めた。

「山崎、小西の下《もと》でしっかりと働いて来い」

広めの資料室を越え、重厚な七枚ものスライド式本棚を動かし、その先の通路を進む。そこにあるのは、この前まで慣れ親しんでいた部屋への扉。

総務部、グループリソースメンテナンス課。

最初にここに来た時のわたしのミッションは、彼らの浪費の実態を暴く事。

でも、今度は違う。彼らと一緒に仕事をする――正真正銘、課のメンバーとして。

胸の高鳴りは、スライド式の本棚を移動させたせいじゃない。

わたしは扉をノックする。

「失礼します。今日からこちらに正式配属になりました山崎ひなのです」

そう——今日から、ここがわたしの職場だ。

扉を開けて踏み出した始めの一歩。ヒールがカツンと軽快な音を立てた。


（了）

あとがき

この物語に登場する組織、団体、人物は架空《かくう》のものです——五つのお店を除いては。

この話の舞台は〝三《み》ツ星《ぼし》商事〟なる総合商社で、その経理部に所属している新入社員山崎《やまざき》ひなのは、ある日部長から突然とある課への異動を言い渡されます。異動先は一部でお荷物部署と囁《ささや》かれている〝総務部グループリソースメンテナンス課〟、蔑称グルメ課。彼らから頻繁に届くレストランの領収書に業を煮やした経理部長が、その浪費の実態を暴くため、スパイとしてひなのをグルメ課に送り込んだ——

そんなグルメ課が作中で巡るのは、いずれも特徴的で素敵な実在のお店です。これが、あとがき冒頭で述べた〝五つのお店〟というわけ。

お名前を貸していただいた『燻製《くんせい》kitchen（大井町《おおいまち》店）』様、『セルベッサジム カタラタス』様、『さぼうる2』様、『酒茶論《しゅさろん》』様、『ゑんぞ PIZZERIA ENZO』様には格別の感謝を申し上げます。グルメ課が〝お店の力を借りて社内の問題を解決する課〟なら、この本は〝お店の力を借りて書かれた物語〟、という事になるでしょう。

皆様方のご協力がなければ成立しなかったものです。本当にありがとうございます。

ちなみに、本書を書くに当たって一番ヒヤヒヤしていたのが『お店に掲載を断られたらどうしよう』という事。いずれも評判のお店ですから門前払いだらけなのでは……と思っていましたが、どうにかこうにか快諾いただいて、胸を撫で下ろしています。上手く話が運んだのは編集部吉岡《よしおか》様のお力でしょう。

そんなわけもあって、二巻が出せるかどうかは分かりませんが、もし『うちを使いなよ！』と面白がって乗っていただける店舗様がいらっしゃれば、お声かけをいただければと思っております。少なくとも僕は確実にお伺いします――もちろん自腹で、こっそりとね。なお、広告効果は期待出来ないのであしからず。

今回の話を作るに当たり、吉岡様からは絶大なるご支援をいただきました。誠にありがとうございます。それからイラストレーターのはしゃ様。おいしそうな料理のイラストを見て、俄然《がぜん》やる気を出した次第です。ありがとうございます。

あと、素晴らしいご指摘を下さった校閲様。特にビールの件は感動しました。

そして本書を手に取っていただいた読者様に感謝。どうかお口に合いますように。

２０１３年12月３日　百波《ひやっぱ》秋丸《あきまる》

百波秋丸

著作リスト

三ツ星商事グルメ課のおいしい仕事（メディアワークス文庫）
チェンライ・エクスプレス（電撃文庫）
チェンライ・エクスプレス2（同）

本書は書き下ろしです。

※本書記載の情報はすべて２０１３年12月現在のものです。

※本書記載の情報は変更になる場合があります。

※小説の中で登場する実名店舗の情報やメニューについてのお問い合わせには対応できません。

メディアワークス文庫

三《み》ツ星《ぼし》商事《しょうじ》グルメ課《か》のおいしい仕事《しごと》

百波秋丸《ひゃっぱあきまる》

発行　2014年1月25日　初版発行
　　　2015年2月18日　再版発行

発行者　塚田正晃
発行所　株式会社KADOKAWA
〒102-8177　東京都千代田区富士見2-13-3
プロデュース　アスキー・メディアワークス
〒102-8584　東京都千代田区富士見1-8-19
電話03-5216-8399（編集）
電話03-3238-1854（営業）
装丁者　渡辺宏一（有限会社ニイナナニイゴオ）
印刷・製本　旭印刷株式会社

Printed in Japan
ISBN978-4-04-866327-4 C0193

メディアワークス文庫　http://mwbunko.com/
株式会社KADOKAWA　http://www.kadokawa.co.jp/

本書に対するご意見、ご感想をお寄せください。

あて先
〒102-8584　東京都千代田区富士見1-8-19　アスキー・メディアワークス
メディアワークス文庫編集部
「百波秋丸先生」係

メディアワークス文庫

発行●株式会社KADOKAWA　アスキー・メディアワークス

マサト真希
Maki Masato
イラスト／すもも
魔女と王子が紡ぐ感動の物語。
アヤンナの美しい鳥
The beautiful bird of Ayanna
わたしはアヤンナ。醜い娘。
「おまえのような娘を妻にする男はいないよ。年頃になったら市場で夫を買ってこなきゃなるまいね」
亡き祖母はわたしに向かってよくこういったものだ。
だからいまでもわたしは市場が大嫌い。家畜を買うように夫を買わなければ、だれも愛してくれないほど醜いといわれたことを思い出すから。
けれど、魔女のわたしが見つけた美しいひとは、奴隷市場で出会った〝彼〟だった――。
醜い魔女の娘と美しい奴隷の王子。
瓦解する帝国の辺境で二人は数多《あまた》の物語を紡ぐ。

たいやき
朽葉屋周太郎

堅く真面目なサラリーマンの長兄、いいかげんな大学生の次兄、そして登校拒否中で家に引きこもっている妹。母が入院し、父が旅に出たために、三人だけで暮らすことになった彼らは、いつしか不協和音を奏で――。

く-1-4
231

天使のどーなつ
峰月 皓

首都圏に展開するチェーン「羽のドーナツ」。代々木本社の開発部に所属する留衣は、無類のドーナツ馬鹿だった。彼女が巻き起こすドーナツ旋風に、周囲は呆れるばかりで……。甘くて愉快で美味しい、心躍る物語。

ほ-1-6
232

魔法使いのハーブティー
有間カオル

両親を亡くし、親戚中をたらいまわしにされる少女、勇希。今回身を寄せるのは、横浜に住む伯父の家。しかし伯父から言われたのは「魔法の修行に励むように」!? ハーブティーをめぐる、ほっこり心温まるストーリー。

あ-2-5
189

リリーベリー
イチゴショートのない洋菓子店
大平しおり

「みなさんには、ケーキのように愛おしい宝物はありますか?」――大切な想いや言葉が込められたものには、必ず他人を魅了する力があるといいます。あなたも一軒の洋菓子店にまつわる、甘くて苦くて愛おしい物語をご賞味あれ。

お-3-1
190

恋色テーマパークの7日間
蒼木ゆう

夕焼けの遊園地。願いが叶うと噂の観覧車内で目を覚ました大学生の七星。しかし、降りたった園内には人の気配がなく不思議な空気が流れていた。彼は園内に集められた9名の男女と、あるゲームに参加することになるのだが――!?

あ-10-1
227